Hermann Schulz
Iskender

SERIE PIPER

Zu diesem Buch

Anfang der 1960er Jahre macht sich der junge Türke Asaf Karpat auf den Weg nach Deutschland, um dort Geld zu verdienen. Zurück in der Heimat, kann er seine kurze Liebelei mit einer Deutschen nicht vergessen – und er fährt wieder nach Deutschland: Diese Frau hat angeblich ein Kind von einem Türken. Asaf sucht nun die Frau und das Kind, denn er ist sicher, der Vater zu sein. Schließlich findet er den zutiefst verstörten Alexander in einem Kinderheim und schenkt ihm seine ganze Liebe und Aufmerksamkeit. Eines Tages ist Alexander verschwunden. Und in einem kleinen türkischen Dorf in der Nähe von Antalya taucht ein kleiner Junge auf: Iskender, das Enkelkind der Karpats, ein stilles, verschlossenes Kind. Er entwickelt sich zu einem aufgeweckten Jungen und wird zum Glück der beiden Alten, bis eines Tages ein Brief von der deutschen Botschaft kommt … Diesem tief anrührenden Roman liegt eine wahre Begebenheit zugrunde, die Hermann Schulz mit großer Spannung und Liebe zu den Menschen erzählt.

Hermann Schulz, geboren 1938 in Nkalinzi (Matiazo/Tansania) als Sohn eines deutschen Missionars. Er lebt seit 1960 in Wuppertal und leitet seit 1967 den Peter Hammer Verlag. Reisen führten ihn in mehr als sechzig Länder, vor allem in Afrika und Lateinamerika. Er veröffentlichte außerdem die Romane »Auf dem Strom« und »Sonnennebel«.

Hermann Schulz
Iskender

Roman

Piper München Zürich

Von Hermann Schulz liegt in der Serie Piper außerdem vor:
Auf dem Strom (3005)

Ungekürzte Taschenbuchausgabe
Piper Verlag GmbH, München
April 2001

Umschlag: Büro Hamburg
Stefanie Oberbeck, Isabel Bünermann
Umschlagabbildung: Wolf Erlbruch
Satz: Dörlemann Satz, Lemförde
Druck und Bindung: Clausen & Bosse, Leck
Printed in Germany ISBN 3-492-23134-9

Teil 1

Asaf und Alexander

1

In den Tageszeitungen des Ruhrgebietes erschien im März 1968 eine kleine Notiz. Ein geistig behinderter Junge von sieben Jahren war aus einem Heim in Duisburg verschwunden. Er sei, so hieß es, entlaufen und irre vermutlich hilflos durch die Gegend. Wer einen Hinweis geben könne, möge die Polizei verständigen. Das Kind sei mit einer blauen Hose und einer dunkelgrauen Jacke bekleidet. Das Haar sei dunkel und kurz geschnitten. Das Kind mache einen abwesenden Eindruck, spreche kaum, sei mager und für das Alter groß gewachsen. Die Mutter sei vor fast einem Jahr bei einem Verkehrsunfall ums Leben gekommen, der Vater nicht bekannt. Wer dem Kind begegne oder von einem Kind erfahre, das ziellos durch die Straßen gehe, möge sogleich die nächste Polizeidienststelle benachrichtigen.

Bei der Polizei hatte sich niemand mit irgendwelchen Hinweisen gemeldet.

Vier Tage nach Erscheinen der Zeitungsmeldung näherte sich ein roter Opel Olympia mit deutschem Kennzeichen langsam der türkischen Grenzstation von Edirne. Es dämmerte schon und ein kühler Wind wehte durch Pappeln und Kiefern.

Am Steuer saß ein schlanker Mann in braunem Anzug mit

modischer Krawatte, neben ihm ein kräftig gebauter, deutlich größerer Mann mit schwarzem Schnurrbart und ungewöhnlich eleganter Kleidung.
Ein junger Wachsoldat in braungrünlicher Uniform, die Maschinenpistole in der Hand, trat aus dem flachen Gebäude. Das Licht einer schwächlichen Glühbirne fiel durch die geöffnete Tür und durchbrach den Schatten der betonierten Durchfahrt. Die beiden Reisenden wiesen ihre türkischen Pässe vor.
»Ihr arbeitet in Deutschland? Wie ist es da?«
»Wir können nicht klagen«, antwortete der Fahrer.
Der Beamte verlangte den Kofferraum zu sehen. Der Beifahrer stieg aus und öffnete ihn. Er war fast ganz ausgefüllt von einem verschlossenen, geflochtenen Korb.
»Bitte öffnen!«
Der Mann klappte den Deckel des Korbes zurück. Der Beamte hob einige Kleidungsstücke hoch, die ordentlich zusammengefaltet waren. Dann griff er innen an der Korbwand entlang, versenkte seinen Arm bis zum Boden. Er wiederholte die gleiche Kontrolle an den anderen Seiten.
»Nur Wäsche?«, fragte er.
»Nur Wäsche«, antwortete der Mann, der Asaf Karpat hieß.
»Keine technischen Geräte? Kofferradios, Kameras, Waffen, Alkohol, Zigaretten oder so was?«
»Nichts«, antwortete der Mann ruhig.
»Was macht ihr mit so viel Wäsche?«
»Wäsche ist billig in Deutschland. Wir haben große Familien.«

»Wo wollt ihr hin?«

»Konya.«

»Ich bin aus Trabzun ... Na, dann gute Fahrt, *arkadaşlar.*«

Asaf Karpat verschloss den Korb und drückte den Kofferraum zu. Der Grenzsoldat winkte sie durch. Mehmed Rasih Peker, der Mann am Steuer, ließ den Wagen langsam über die Grenze zur Türkei rollen und bog auf die Landstraße zur Stadtmitte ein. Die beiden Männer schwiegen und sahen in das Rot der untergehenden Sonne.

Erst als sie auf dem Parkplatz hinter dem kleinen Hotel *Yildirim* den Wagen abstellten, löste sich ihre Anspannung. Sie standen neben den geöffneten Autotüren und warteten, Zigaretten rauchend, bis ein alter Mann die verbeulten Mülleimer beiseite geräumt hatte und ein pomadiger Halbwüchsiger es fluchend aufgab, sein Motorrad zu starten. Als niemand mehr in der Nähe war, hoben sie gemeinsam den Korb aus dem Kofferraum. Sie halfen dem Jungen, sein Versteck zu verlassen. Asaf strich ihm mit einem stolzen Lächeln über das dunkelbraune Haar, nahm ihn an der Hand, und die drei gingen, das Kind in der Mitte, um das Gebäude herum zum Hoteleingang. Sie mieteten ein Zimmer.

Am darauf folgenden Tag fuhren sie bei Sonnenaufgang in Richtung Istanbul, erreichten die Stadt am Spätnachmittag und nahmen sich ein Zimmer in einer Pension. Die beiden Männer und das Kind schlenderten bis zum Abend durch den Basar und den gewaltigen Sultanspalast von *Topkapı*, den Jungen stets zwischen sich. Sie kauften

gebratenen Fisch an der Galatabrücke und ruhten sich in den Gärten einer Moschee aus.
Sie sprachen meist türkisch mit dem Jungen. Dabei war es nicht sicher, dass er sie verstand, denn nur selten antwortete er einsilbig mit Ja oder Nein. Auch wussten sie nicht, ob der Junge die Schönheiten der Stadt und den Blick auf den Bosporus überhaupt wahrnahm, doch unablässig beschäftigten sie sich mit ihm und erklärten ihm alles, was sie sahen, so gut sie es wussten.
Am zweiten Tag brachen sie mit ihrem Opel nach Süden auf und einen Tag später erreichten sie ihr Ziel, das Dorf Yeniköy im Taurusgebirge.

2

Asaf war der einzige Sohn des Bauern Rauf Karpat und seiner Frau Ayşe. Die kleine Familie betrieb im anatolischen Yeniköy, einem Dorf an der Straße zwischen Elmalı und Antalya, eine Schafzucht. Mit annähernd einhundert Schafen und ebenso vielen Angoraziegen war Rauf fast ein wohlhabender Mann. Er hatte das Haus am Dorfausgang und achtzig Schafe von seinem Vater geerbt. Mit viel Glück, Fleiß und Sparsamkeit hatte er die Herde in den letzten zwanzig Jahren vergrößert. Sie war längst zu groß, als dass er sie alleine mit seinem Sohn betreuen konnte.

Bis auf die kalten Wintermonate weideten die Tiere an den Gebirgshängen. Wenn der Frost kam, standen sie im engen, aber warmen Winterstall.

Rauf Karpat hatte einen schweigsamen allein stehenden Anatolier mit Namen Ali eingestellt, der mit fünf oder sechs Jungen aus dem Dorf, Kindern armer Leute, mit den Schafen frühmorgens in die Berge zog. Rauf bezahlte ihm, was als Lohn für Hirten üblich war, und ein bisschen mehr. Seinen Schlafplatz hatte der Mann im Gerätehaus, wo er sich unterm Dach eine Kammer eingerichtet hatte. Nur Rauf kannte das Geheimnis des scheuen großen Mannes. Er hatte seine Familie und sein Dorf verlassen müssen, weil er sich geweigert hatte, eine Blutrache auszuführen, wie es die Tradition und seine Verwandten von ihm verlangten. Er sollte den Sohn eines Nachbarn töten,

weil er angeblich ein Liebesverhältnis mit Alis jüngster Schwester hatte. In einer stürmischen Nacht verließ Ali heimlich das Dorf. Nur seine alte Mutter, ein Tuch eng um Schultern und Kopf geschlungen, begleitete ihn bis an den Fluss und umarmte ihn unter Tränen. Sie wussten beide, dass sie sich nicht wieder sehen würden.
Weit vom Osten her war er nach vielen Monaten der Wanderung bis nach Yeniköy gekommen. Ein großes Stück des Weges war er mit *Yörük*-Nomaden gezogen. Er half ihnen mit den Schafen und bekam dafür einen Schlafplatz im Zelt und sein Essen. Sie stellten keine Fragen.

An einer Brücke über den Bach in der Nähe des Dorfes Yeniköy traf er Rauf Karpat und sie unterhielten sich über dies und das. Rauf gefiel dieser Mann und bot ihm Arbeit an. Ali beschloss sesshaft zu werden. Er fühlte, dass er diesem Mann vertrauen konnte. Seitdem trieb er täglich die Schafe und Angoraziegen mit seinen kleinen Gehilfen in die Berge. Er hatte bald schon das Vertrauen des Schafzüchters und seiner Frau Ayşe gewonnen.
Die Kinder bekamen Brot und Käse und ein bisschen Geld für ihre Arbeit. Das war mehr, als sie bei den meisten anderen Bauern verdient hätten.
Rauf war ein um Gerechtigkeit bemühter Mann und hatte ein großzügiges Herz. Seine Leute vergalten es ihm durch gute Arbeit, so dass nur selten ein Schaf abhanden kam. Das konnte leicht geschehen. Das Gebirge war voller Schluchten, in denen Luchs und Wolf lauerten, und in

der Luft kreisten Raubvögel, die es auf Jungtiere abgesehen hatten.
Manche der Hirtenjungen waren kaum älter als acht Jahre, aber sie arbeiteten gewissenhaft. Sie kamen vor Sonnenaufgang und saßen in der Morgenkühle vor dem Haus, um auf Rauf und Ali zu warten. Ayşe brachte ihnen heiße Milch und gab ihnen frisches Brot, Käse und, in ein Leinentuch gewickelt, Gurken, Oliven, Brot, gekochte Eier und eine Kanne Milch mit auf den Weg. Wenn die Sonne aufgegangen war, hatten sie mit den Schafen schon die ersten Abhänge des Gebirges erreicht, wo die besten Gräser und Kräuter wuchsen.
Ihren Verdienst, das wussten Rauf und Ayşe, gaben diese Kinder ihren Eltern oder Verwandten. Oft waren sie die Einzigen in ihren Familien, die überhaupt Geld ins Haus brachten, und es war mehr, als die Schuhputzer vor den Cafés oder in den Straßen des Dorfes verdienten. Dass sie selten zur Schule gingen, kümmerte niemanden.
Wenn ein Schaf Junge bekam, holten sie Rauf oder Ali. Es war auch schon vorgekommen, dass sie eine Schafsgeburt alleine durchstanden, wenn die Männer nicht in der Nähe waren. Sie hatten gelernt, die Neugeborenen an den Füßen vorsichtig herauszuziehen, mit Heu abzureiben und ihnen mit Salz bestrichene Finger ins Maul zu stecken, damit sie sich gleich an das Saugen gewöhnten. Dann führten sie sie an das Euter der Mutter. Die Nachgeburt musste sogleich vergraben werden, aus Aberglauben und um die Raubvögel nicht anzulocken.
Um Luchse, Adler und Geier abzuwehren, benutzten sie

Steinschleudern, spitze Stöcke oder Steinrasseln, die sie sich aus Blechbüchsen und Kieselsteinen selbst gemacht hatten.
Gegen den Regen hatten sie sich aus Buschwerk im hohen Gras versteckte Hütten gebaut. Ali kannte Berghöhlen, die so groß waren, dass die ganze Herde hineinpasste. Manchmal blieben sie im Gebirge, wenn sie einen guten Weidegrund fanden, und schliefen in Höhlen auf Laub und Heu. Ali zündete dann im Eingang ein Feuer an, trank aus seiner Rakı-Flasche und erzählte den Jungen von entfernten Gegenden der Türkei und was er auf seiner abenteuerlichen Wanderschaft erlebt hatte. Der sonst so schweigsame Mann erzählte wahllos, was ihm in den Kopf kam. Ihn kümmerte nicht, dass es Kinder waren, die ihm zuhörten und seinen Geschichten kaum folgen konnten. Wenn er aber seine Erzählung unterbrach, forderten sie ihn auf weiterzusprechen, denn sie liebten es, am Feuer zu sitzen und ihm zuzuhören.

Die Zuchtböcke und die Ziegen und Schafe, die Lämmer hatten, blieben in der Nähe von Raufs Hof in den Gattern. Das Melken besorgten Rauf und Ayşe selbst, und sie bereiteten alles Notwendige vor, um Käse herzustellen. Den fettarmen Käse presste Ayşe fest in Schafsbälge, als Vorrat für die Winterzeit. Diese Kunst, den Käse haltbar zu machen, hatte Ali von den *Yörük*-Nomaden gelernt und an Ayşe weitergegeben. Was sie nicht für sich selber brauchten, verkauften sie. Abnehmer zu finden war nicht schwer, denn ihr Käse war berühmt.

Die Familie lebte besser als viele andere in Yeniköy. Die Einkünfte aus Ziegen- und Schafskäse, Fleisch, Wolle, Fellen und dem Verkauf der Webstühle, die Rauf auf seiner Bank vor dem einstöckigen, geräumigen Haus abends schnitzte, reichten aus, um alle satt zu machen und etwas zurückzulegen. Viel mehr Bedürfnisse hatten sie nicht. Manchmal, wenn Rauf viele gesunde Geburten in seiner Herde hatte, kaufte er seidene Tücher für Ayşe, eine Flasche Rakı für sich selbst und eine weitere für Ali. Er nahm den billigen *Yeni*-Rakı, nicht etwa die teuren Sorten. Das hätte nicht zu ihm gepasst. Eine Flasche reichte einen ganzen Monat, manchmal sogar länger.

Wenn er bei Sonnenuntergang vor seinem Haus am Ortsausgang saß, dort, wo der steinige Weg in das Taurusgebirge führte, goss er auch Ayşe ein Gläschen ein, schloss die Flasche bedächtig und stellte sie zurück an ihren Platz. Dann erst tranken sie und waren mit sich und der Welt zufrieden. Sie blickten über die blühenden Felder und auf das Gebirge im Abendnebel. Sie konnten diese herbe Schönheit mit nichts vergleichen, denn sie kannten nichts anderes.

Oft erzählte er ihr die Neuigkeiten aus Antalya, Ankara oder der weiten Welt, die man an der Moschee austauschte und ausführlich diskutierte. Beide wunderten sich, was die Menschen alles anstellten. Während er sprach, goss sie die Blumen in den Blechbüchsen, die Rauf für sie am Dach aufgehängt hatte.

Sonst erfuhren sie nicht viel von dem, was in der Welt

passierte, denn in ihrem Haus gab es kein Radio und keine Zeitung.

Bis die Dunkelheit hereinbrach, bastelte Rauf an den sorgfältig geschnitzten Teilen eines neuen Webstuhles, den er für viel Geld verkaufen wollte. Er hatte diese Kunst von seinem Vater Onur und der sie wiederum von seinem Vater Hasan gelernt. Es gab keine besseren Webstühle als diese, um aus der Wolle der Schafe oder dem Haar der Angoraziegen breite Teppiche und feste Decken zu weben. Das war weithin bekannt in der Provinz Antalya. Interessierte und fachmännische Besucher sahen sich die mannshohen Geräte gerne an und prüften, wie leicht sich die Walzen bewegten und alles wie von allein zu funktionieren schien. Die seitlichen Balken verzierte Rauf mit Blumen und Phantasiemustern. Er hätte gut und gern zehn solcher Webstühle in jedem Jahr verkaufen können, aber er schaffte nur zwei oder drei, denn er konnte sich dieser Arbeit nur in den Abendstunden widmen. Mochten seine Kunden auch ungeduldig werden, sie warteten trotzdem.

Ayşe war nach Asafs Geburt noch zweimal schwanger gewesen; sie hatte aber die Kinder verloren. Dann waren Schwangerschaften ausgeblieben.

Wenn ihr Sohn sich im Dorf mit den anderen Jugendlichen auf der einzigen großen Straße, die gelblich braun war von Staub und dem heruntergefallenen Stroh der Bauernwagen oder der hoch beladenen Esel, die Zeit vertrieb oder mit ihnen im Kaffeehaus saß, sagten sich Rauf und Ayşe, dass sie es doch gut getroffen hätten. Allah

hatte ihnen zwar nur den einen Sohn geschenkt, aber es war ein guter Sohn, und der würde die Schafherde sicher eines Tages vergrößern und vielleicht ein wohlhabender Mann werden.
»Und er wird sich um uns kümmern, wenn wir alt sind«, lächelte Ayşe.
»Natürlich wird er das.« Rauf tat empört, als sei es unnötig, das auch nur zu erwähnen. »Was glaubst du denn, Frau, was für einen Sohn wir gezeugt haben, du und ich! Er ist nicht wie so manche anderen, das steht fest!«
Heftig fuhr er mit einer Hand über seinen mächtigen, schon leicht angegrauten Schnurrbart und strich die Enden nach oben. Die beiden liebten sich. Ayşe war sicher, dass ihr Rauf niemals solche Dinge tun würde, wie sie andere Frauen im Dorf von ihren Männern erzählten. Er hatte ihr nie einen Grund gegeben, an seiner Treue zu zweifeln. Er besuchte nicht einmal die Bauchtanzvorstellungen, die alle paar Monate nach Yeniköy kamen. Für viele der Bauern war Bauchtanz das einzige Vergnügen, das sie sich gönnten.

Als Asaf neunzehn Jahre alt war, änderte sich alles.

Der Sohn hatte ein aufrechtes, aber, wie manche meinten, einfältiges Gemüt. Er war groß gewachsen und stark. Obwohl er noch keine zwanzig Jahre alt war, wucherte unter seiner Nase ein mächtiger Schnurrbart, der ihn älter aussehen ließ. Die Händler, die in Yeniköy kleine Geschäfte für billige Stoffe, Haushaltsgeräte, Brot, Käse, Oliven und

andere Lebensmittel unterhielten, schauten ihm nach, wenn er auf das Kaffeehaus zuging.
»Er ist ein guter Kerl«, sagten sie.
»Er wird einen guten Soldaten abgeben«, sagten sie, »da soll nur einer einen Krieg anfangen. Mit solchen jungen Männern wird die Türkei wieder so groß wie früher einmal!«
»Welche Frau wird diesen Falken einmal einfangen?«
So redeten sie.
Asaf wusste mehr von der Welt als seine Eltern. Er las zwar auch keine Zeitung und hatte gerade so viele Jahre lang die Schule besucht, wie es Pflicht war, aber im Kaffeehaus unter den Gleichaltrigen wurden viele Geschichten erzählt und Ereignisse ausführlich besprochen.
In diesen Monaten war es ein neues prächtiges Gebäude, das die Phantasie anregte. Die Staatliche Bewässerungsgesellschaft war nach Yeniköy gekommen und hatte ein modernes Verwaltungsgebäude direkt dem Kaffeehaus gegenüber errichtet. Da waren vornehme Ingenieure, die mit ihren Personenwagen und Jeeps vorfuhren wie die Paschas! Die Herren aus Ankara und Antalya oder Istanbul, die mit Anzug und Krawatte ins Büro fuhren und manchmal von vornehmen schönen Frauen begleitet wurden. Die hatten ein anderes Leben als die Leute hier. Ein solches Auto sollte man haben! So müsste man sich kleiden können, wenn man zur Arbeit ging!
Unter den jungen Männern war keiner, der auch nur daran denken konnte, ein Auto zu kaufen. Zur Arbeit auf den Feldern und mit den Schafen trugen sie, wie Männer

und Frauen vor hundert Jahren, die bequemen Pluderhosen, weite Hemden und auf dem Kopf eine Schirmmütze. Sie aßen Reis mit Bohnen und weißen Käse, dazu warmes Brot, Oliven und Gurken, tranken Wasser oder den säuerlichen Ayran, ein Joghurt-Getränk.

Es ließ sich gut leben in Yeniköy, wenn man das alles hatte. Aber auch hier gab es Familien, für die selbst das unerreichbar war.

Seit die vielen Fremden in den abgelegenen Ort gekommen waren, war es für die jungen Männer im Café interessanter geworden, über Autos und Geld zu sprechen, als immer nur den jungen Mädchen nachzusehen und von ihnen zu träumen. Mehr, als sie einige Schritte die Hauptstraße hinab zu begleiten, erlaubten die Eltern nicht, und mehr, als ihnen ein paar süße unbeholfene Sätze zuzuflüstern, getrauten sie sich nicht. Asaf hatte mit den jungen Mädchen bisher nur ein paar Worte gewechselt.

Asaf war müde, als er sich in der Dämmerung am Brunnen wusch. Den ganzen Tag hatte er mit seinem Vater die Angoraziegen geschoren, er war schmutzig und verschwitzt. Die Arbeit war anstrengend gewesen. Er musste die strampelnden Tiere festhalten und auf eine Bank pressen, damit sein Vater sorgsam mit seinem Messer die Wolle schneiden konnte, ohne die Haut zu verletzen. Ihre Hände wurden stumpf vom Fett der Wolle, und als es Abend wurde, rochen sie nach Ziegen und Schweiß. Fünfundzwanzig Tiere hatten sie geschafft an diesem Tag. Seine Arme und Schultern schmerzten. Noch für drei weitere Tage hatten sie diese Arbeit vor sich. Ali weidete währenddessen einen Teil der Herde am Gebirge.

Am Abend hatte sich Asaf frische Kleider angezogen und war in den Ort gegangen, um im Kaffeehaus seine Freunde zu treffen. Er setzte sich zu Mehmed Rasih Peker. Rasih hatte eine Zeitung auf dem Tisch ausgebreitet und las. Er hatte seinen Tee noch nicht angerührt, so gefangen war er von seiner Lektüre.

»Salaam. Was liest du da?«, fragte Asaf.

»Salaam. Lass mich zu Ende lesen, Ziegentreiber, ich erzähl es dir gleich«, erwiderte Rasih. Er war fünf Jahre älter als Asaf und sein bester Freund.

Asaf bestellte Tee und blickte auf die Straße, wo nie etwas anderes zu sehen war als vorbeiziehende Schafe, Ziegen und Kühe. Oder Frauen mit Kopftüchern, die am Abend frisches Brot holten und die letzten Einkäufe machten.

Die meisten von ihnen gingen noch verschleiert, obwohl der große Präsident Atatürk das längst verboten hatte. Kinder spielten immer auf der Straße und manchmal fuhr jemand mit einem Fahrrad vorbei. Das geschah aber selten.

Rasih blickte von der Zeitung auf und gab seinem Freund keine Gelegenheit, ihm die kleine Boshaftigkeit mit dem Ziegentreiber zurückzuzahlen.

»Hör mal zu, Asaf. Das ist es ...« Er tippte mit dem Finger auf den Artikel, den er gelesen hatte.

»Sie schreiben hier, dass wieder junge türkische Männer nach Deutschland fahren können, um dort zu arbeiten. Sie bezahlen die Fahrt, und Arbeit ist genug da. Sie bezahlen gut. Was meinst du? Wir gehen für zwei, drei Jahre dorthin, bis zum Beginn deiner Militärzeit. Dann haben wir genug verdient und kommen zurück.«

Das war kein neues Thema. In jedem Dorf wurde unter den jungen Männern von Deutschland gesprochen. Wunderdinge wurden erzählt, von Türken, die wohlhabend zurückgekehrt waren und sogleich ihr eigenes Geschäft aufmachen konnten, sich große Häuser bauten und eigene Autos fuhren.

Jetzt war das plötzlich ganz nahe gerückt.

Drei Monate später bestiegen Asaf und Rasih in Istanbul den Zug nach Deutschland. Sie standen ein wenig verlassen unter Hunderten junger Männer, die die Reise in die Fremde antraten. Die Gepäckstücke waren ärmlich, die meisten hatten Pappkartons zu ihren Füßen stehen oder verschlissene Koffer. Als der Zug einlief, umarmten Eltern und Geschwister die Männer. Es flossen viele Tränen und es gab aufgeregtes Geschrei in dem Gedränge. Trotzdem hielten sich die Taschendiebe fern, denn hier war wenig zu holen. Nur arme Leute meldeten sich zur Arbeit in Deutschland.

Rasih ließ seine Eltern, fünf Brüder und sechs Schwestern zurück. Er versprach, so schnell wie möglich Geld zu schicken, denn seine Familie war arm. Rauf und Ayşe jedoch hatten in vielen heftigen Auseinandersetzungen versucht, ihren Sohn von seinem Vorhaben abzubringen.

»Was willst du in Deutschland? Du hast hier alles, was du

brauchst. Du erbst eines Tages das Haus und die Schafe. Was willst du noch mehr?«
Asaf war störrisch geworden. An diesem Abend hatte er grußlos die Eltern verlassen und war in den Ort zu seinen Freunden gegangen.
Die beiden Alten beschlich Angst. Sie hatten doch ihren Traum von einer guten Schwiegertochter, die der Sohn vielleicht bald ins Haus bringen würde. Sie sorgten sich, ihre Hoffnung auf ein unbeschwertes Alter könnte mit dieser Reise dahin sein. In der Fremde lauerten immer Gefahren und ihr Asaf konnte die fremde Sprache nicht! Was könnte alles passieren? Schließlich sagte Rauf in der Nacht auf der Schlafmatte zu seiner Frau:
»Lassen wir ihn doch gehen. Ihn treibt es in die Ferne. Allah wird ihn beschützen, wie er uns alle bisher beschützt hat. Er kommt nach zwei Jahren zurück und hat gutes Geld verdient und kann dann vielleicht ein neues Haus bauen. Oder wir kaufen eine größere Weide für die Milchziegen. Dann geht er für drei Jahre zum Militär und bleibt dann für immer bei uns. Jetzt brauchen wir ihn noch nicht für die Schafe. Ich bin noch stark und Ali kann mir helfen, wenn ich sie scheren muss.«

Asaf hatte seinen Eltern das erste Geld geschickt und schrieb ihnen aus einer Stadt, die Duisburg hieß. Den Namen hatten sie noch nie zuvor gehört. Sie ließen sich seine Briefe immer wieder vorlesen und sie weinten ein bisschen, wenn er von seinem Heimweh nach Yeniköy schrieb. Das Geld legten sie zurück. Sie wussten nicht,

was sie damit anfangen sollten, obwohl ihr Sohn ihnen geraten hatte, sie sollten sich schöne Kleider kaufen und endlich elektrischen Strom in ihr Haus legen lassen. Vielleicht könnten sie ein Radio kaufen, einen Kühlschrank für Käse und Milch. Oder sie sollten mit einem Taxi nach Finike fahren und dort eines der schönen Restaurants am Meer besuchen, das wünsche er sich.
Sie hatten keine Sehnsucht nach neuen Kleidern oder nach Finike, sondern nach ihrem Sohn.

Als Asaf nach dreieinhalb Jahren zurückkehrte, vor dem Haus seiner Eltern aus Rasihs Auto stieg, war ihm, als träume er und sei in einer anderen Welt aufgewacht. Nichts hatte sich hier verändert. Das Gatter mit den Ziegen und Lämmern, das Gerätehaus, die Blumen am Dach, die der Wind leicht bewegte, das Gackern der Hühner im Hinterhof. Wie angewachsen stand er neben dem Auto, seinen Koffer in der Hand, und sog die würzige Luft der Hochebene ein. Auf den Berggipfeln lag noch Schnee. Er sah an seiner Kleidung hinunter, dem eleganten hellen Mantel, auf die glänzenden Schuhe und dachte an die bequemen Pluderhosen, die für ihn bereitlagen. Er würde sich sogleich umziehen, dachte er zufrieden.
Es waren noch acht Monate, bis er sich beim Militär zu melden hatte. Wo man ihn hinschicken würde, wusste er nicht.
Als er das kleine Haus seiner Eltern betrat, schien es zu klein und ärmlich zu sein für diesen gut gekleideten Mann. Er war aber immer noch ihr Sohn, daran hatten die

beiden Alten keinen Zweifel! Er sprach wie Asaf und seine Augen hatten den gleichen klaren Glanz wie seit seiner Kindheit. Sie konnten den Blick nicht von ihm wenden.
»Und du sprichst jetzt ihre Sprache?«
»Natürlich, wie sollen sie mich sonst verstehen. Na klar doch!«
Er erzählte von seiner Zeit in Deutschland. Er erzählte jede Kleinigkeit, von den Hüttenwerken, wo das Eisen geschmolzen und zu Geräten, Platten und Drähten verarbeitet wurde, wo Tausende frühmorgens durch das Werkstor eilten, vom großen Fluss, dem Rhein, vom Hafen und von den Schiffen aus allen europäischen Ländern, vom großen Bahnhof und den kleinen Dörfern auf der anderen Flussseite, wo sie die Bauern aufgesucht hatten, um ihnen Schafe zum Schlachten abzukaufen. Er erzählte von Bauern, die große Mercedes-Autos fuhren, man stelle sich das vor! Mit so einem Mercedes fuhren sie auf die Felder, die Hacken und Schaufeln ragten aus dem Kofferraum und auf dem Rücksitz lagen die Säcke mit Kunstdünger!
Später war Asaf nach Frankfurt gezogen. Die Stadt war noch erstaunlicher. Einen Flughafen gab es da und die Stadt war so groß, dass Yeniköy vielleicht tausendmal hineinpassen würde. Man stieg in eine Straßenbahn und nach einer Stunde Fahrt war man immer noch in der gleichen Stadt! Unmöglich, alles zu beschreiben.
Asafs Eltern wollten aber alles wissen und er erzählte ihnen alles. Bis auf eine kurze heftige Liebschaft, die er in Deutschland gehabt hatte und die ihn immer noch aufwühlte. Er hatte ihnen davon nichts geschrieben und

würde auch nicht darüber sprechen, hatte er beschlossen. Er wollte die beiden nicht beunruhigen.

Als der Zeitpunkt gekommen war, fuhr er mit dem Bus nach Kemer, um sich zur militärischen Grundausbildung zu melden. Bis zur Abreise arbeitete er wie in seiner Jugend mit seinem Vater bei den Schafen oder auf dem kleinen Feld, wo Gurken, Kürbisse, Melonen, Kartoffeln und Bohnen wuchsen. Die Ernte würde wohl nicht gut sein in diesem Jahr, denn es hatte wenig geregnet. Asaf schleppte das Wasser in großen Eimern vom entfernten Bach, denn der Brunnen war trocken. Die Tiere waren gesund, sie fanden in den Bergen Wasser.
Rauf und Ayşe vergaßen ihre Sorgen, denn ihr *Asaf-Pascha* war wieder da. Er würde, so hofften sie, nun für immer bei ihnen bleiben. Wenn nur schon die Militärzeit zu Ende wäre!
Sie ahnten nichts von einer Frau und den heimlichen Liebesgedanken ihres Sohnes.

3

Sie arbeitete in der Bar *Zur Eiche* im Duisburger Stadtteil Ruhrort. Von jenem Viertel am Hafen hatte Asaf viel gehört. In den Arbeitspausen im Walzwerk erzählten Türken, Italiener und Deutsche von Ruhrort und sie taten sehr geheimnisvoll. Wenn man sich richtig amüsieren wolle, so sagten sie, solle man nach Ruhrort fahren. Nach drei Straßenbahnhaltestellen sei man schon im Paradies. Da müsse man nicht lange fragen, wenn man mit einer Frau sprechen wolle, da sei alles erlaubt. Wirklich alles. Wenn man es richtig anstelle und nicht wie ein Bauer aus Anatolien mit der Gebetskette an der Hand und Pluderhosen durch die Gegend laufe! Das hier sei eine andere Welt, schließlich sei man ja im modernen Deutschland und müsse lernen, sich wie ein Mann aus der Großstadt zu benehmen.

Sie hieß Agnes Lehmann und ließ sich in der Bar Angie nennen.

Asaf war mit seinem Freund Rasih und zwei anderen Türken, die »sich auskannten«, nach Ruhrort gefahren. Sie hatten zuerst nur verlegen an der Theke gestanden, Bier getrunken und sich umgesehen.

Asaf hatte leise ein *mashallah* gemurmelt, als er die grell bemalten Wände sah. Unbekleidete Frauen lagen da im Gras unter Bäumen und daneben weideten Schafe und Ziegen wie in Yeniköy. Auf einem anderen Bild schauten zwei völlig nackte Frauen belustigt zwei Männern mit blutigen Gesichtern zu, die sich, nur mit einem Hüfttuch bekleidet, um sie zu schlagen schienen. Auf der gegenüberliegenden Wand flog ein Pferd durch die Lüfte, das einen bärtigen Männerkopf auf dem Hals trug. Auf seinem Rücken saß eine nackte Frau, die sich in die Mähne klammerte und den Gästen der Bar ins Gesicht lachte. Asaf wandte sich ab.

Da sah er Agnes, die hinter der Theke Gläser spülte. Sie war blond, hatte hellblaue Augen und eine zierliche Figur. Sie war nicht schön, aber etwas in ihrem Gesicht und ihrer ganzen Art gefiel Asaf sofort.

Als er sie ansprach, hörte sie geduldig und freundlich lächelnd zu, bis er in seinem noch unbeholfenen Deutsch gesagt hatte, was er wollte.

Sie trank ein Glas Sekt auf seine Rechnung und bot ihm eine Zigarette an. Er nahm sie und sie rauchten schweigend, denn Asaf fiel nichts ein, was er zu ihr hätte sagen können.

Als er am nächsten Abend wieder kam, erkannte sie ihn und begrüßte ihn, wie man einen alten Freund begrüßt. Offenbar gefiel er ihr. Konnte das sein? Ihm war, als sei sein Leben und mit ihm die Welt plötzlich völlig aus den Fugen geraten. Von diesem Augenblick an liebte er sie. Der Aufruhr in seinem Innern wurde mit jedem Wiedersehen stärker.

Zum Wochenende lud er sie ein, mit ihm den Zoo zu besuchen. Den Vorschlag hatte Rasih ihm gemacht, denn ihm war selber nichts eingefallen.

Er hatte seinen besten Anzug angezogen, den aus hellblauem Stoff, dazu trug er ein dunkelblaues Hemd, eine gelbe Krawatte und elegante Schuhe. Seine dichten schwarzen Haare glänzten von einer teuren Pomade. Auch Agnes war elegant gekleidet. Sie trug ihre Haare zu einem hohen Turm frisiert und trippelte auf Stöckelschuhen neben dem großen, gut aussehenden Türken her. Asaf war stolz, wenn er sah, dass die Leute sich lächelnd nach ihnen umdrehten.
Sie war an Elefanten und Giraffen nicht besonders interessiert. Nach einer halben Stunde tranken sie Kaffee und einen Weinbrand im Restaurant an der großen Straße nach Mülheim und bestiegen eine Straßenbahn. Sie nahm ihn mit in ihre kleine Wohnung, die mit Puppen, Teddybären, billigen Vasen und Papierblumen voll gestopft war, und sie schliefen miteinander. Asaf war unbeholfen, denn er hatte nie zuvor mit einer Frau geschlafen. Aber sie war freundlich und geduldig und zeigte ihm, was er zu tun hatte, damit sie beide glücklich sein konnten.

Asaf besuchte sie, sooft er Zeit hatte, und stand, wenn sie arbeiten musste, bei ihr an der Theke. Er war eifersüchtig, wenn andere Männer mit ihr sprachen.
Sie bekamen darüber ihren ersten Streit.
Es passierte vier Monate nach ihrem Ausflug in den Zoo. Asaf kam an einem Montag früher als sonst in die Bar. Agnes saß mit einem Mann an einem Tisch. Sie hatte ihren Arm um seinen Hals gelegt und lachte. Die beiden hatten eine fast leere Flasche Sekt vor sich stehen. Asaf

übersah die Situation mit einem Blick, ihm stieg das Blut in den Kopf. Er griff das halb volle Glas des Mannes und warf es an die Wand, der Sekt schäumte über ein Bild, und Glassplitter zerklirrten auf dem Boden. Dann wollte er sich auf den Mann stürzen, aber der stand plötzlich breitbeinig vor ihm, mit einem Messer in der Hand.
»Versuch's doch ...! Spiel hier ja nicht den wilden Mann! Das Mädchen da gehört nicht dir, merk dir das. Wenn du keine Ruhe gibst, geht's dir dreckig.«
Asaf hatte eine Sekunde gezögert und war kurz davor, sich in seiner Wut auf den Mann zu werfen. Stattdessen aber lief er verstört und in großer Erregung auf die Straße und fuhr in seine Unterkunft. Er wollte Agnes nie wieder sehen. Er war in seinem Stolz verletzt und schämte sich, dass er davongelaufen war.
Um sich nicht weiter zu quälen, kündigte er seine Arbeit im Walzwerk und verließ Duisburg. Er überredete Rasih, mit ihm nach Frankfurt zu ziehen. Sie fanden eine gemeinsame Wohnung und eine gut bezahlte Arbeit in einer Fabrik für chemische Produkte. Beide waren zufrieden, denn die Arbeit war leichter als im Walzwerk, wo sie in der Nähe der gefährlichen Kokillen mit schweren eisernen Zangen die glühenden Stahlplatten dirigieren mussten, wo ohrenbetäubender Lärm tobte und die Werkmeister sie anschrien, als seien sie Sklaven.

In den folgenden Monaten schickte Asaf seltener Geld an seine Eltern. Er trank mehr als gewöhnlich und ging mit türkischen Landsleuten aus, die er früher nicht einmal gegrüßt hätte. Rasih hatte es aufgegeben, ihn zu ermahnen, sich mit solchen Leuten nicht einzulassen; mit diesen Männern, die aufdringlich den deutschen Mädchen nachstierten und sich ungeniert in aller Öffentlichkeit zwischen den Beinen kratzten. Er ließ ihn wortlos gehen, wenn er sich mit seinen neuen Freunden in den Bars und Tanzschuppen treffen wollte. Er wusste, dass Asaf litt und auf seine Weise versuchte, mit seiner unglücklichen Liebe fertig zu werden.

4

Asaf hatte Agnes auch während der trostlosen Militärzeit weit im Osten des Landes nicht vergessen. Sie war die erste Frau gewesen, die er geliebt hatte. Er gab die Vorstellung nicht auf, sie müsse auch ihn geliebt haben.

Die Erinnerung an den Zwischenfall mit dem Mann an jenem frühen Abend in der Bar nagte an ihm. Es war ein Stachel, der mit der Zeit nicht stumpf wurde, auch wenn Asaf sich Mühe gab, den Vorfall in einem anderen Licht zu sehen. Vielleicht war der Mann ein alter Bekannter gewesen, vielleicht sogar ein Verwandter, der ein bisschen zu hitzköpfig reagiert hatte, redete er sich ein. Dass Agnes ihn häufiger um Geld gebeten hatte, fand er normal und verständlich. Ein Mann hatte für seine Frau zu sorgen!

Er hatte lange mit dem Gedanken gespielt, sie wieder zu sehen oder ihr wenigstens zu schreiben. Aber Rasih hatte es ihm ausgeredet.

»Du machst dich nur unglücklich, mein Lieber! Man muss wissen, wenn etwas zu Ende ist. Es macht keinen Sinn, dass du ihr nachtrauerst. Du wirst sehen, es gibt noch genug Frauen auf der Welt, die nur auf dich warten. – Komm, gehen wir in die Leipziger Straße, da soll es ein neues türkisches Restaurant geben ...«

Schließlich war er in die Türkei abgereist, ohne noch einmal nach Duisburg und zu Agnes zurückzukehren. Die Kaserne erwartete ihn.

Die endlosen Monate beim Militär ließ er so klaglos über sich ergehen, wie ein Esel eine schwere Last trägt. Wie allen anderen hatte man ihm in der Kaserne schon in der ersten Stunde die Haare abgeschnitten und den Bart. Sie erkannten nach dieser Behandlung einander nicht wieder und Asaf wurde ein Gefühl der Demütigung einige Tage lang nicht los.

Seine Kompanie lag an der Grenze zur Sowjetunion im Kaukasusgebirge, viele Tagereisen entfernt von Yeniköy. Nach der Grundausbildung hatte Asaf wie alle anderen ein Los ziehen müssen und als er seinen Kameraden den Namen des Ortes nannte, der auf dem Zettel stand, hatten ihn einige mitleidig angesehen. Asaf hatte den Namen Murgul noch nie gehört. Mit Eisenbahn und Bussen hatte er zwei Tage und zwei Nächte gebraucht, um dorthin zu gelangen.

Die Kaserne war für Soldaten und Offiziere gleichermaßen trostlos. Die letzteren hatten aber wenigstens ihr Kasino, wo manchmal Bauchtanz und Musik geboten wurden. Die Soldaten verbrachten ihre freie Zeit in einer schäbigen Kneipe im Ort am Fuß des Hügels, auf dessen Hang die Kaserne lag, und tranken Rakı. Sie verdienten nichts und hatten oft nicht einmal genug Geld für die Soldatenzigaretten *Asker*, die ganz billig waren. Sie saßen da in ihren kratzigen Uniformen; die meisten konnten sich nicht einmal Unterwäsche leisten. Sie verloren langsam

ihre Lebensfreude und quälten sich mit Heimweh. Die einzige kleine Hoffnung war, dass die Sklaverei irgendwann vorbei sein würde.
Sie bewachten eine Grenze, die irgendwo in den Bergen sein musste und die sie nie zu Gesicht bekamen. Sie wussten nichts über den Sinn ihrer Fahrten durchs Gebirge, denn nie versuchte jemand, die Grenze heimlich zu überschreiten. Wenn der Winter kam, wurde es so kalt, dass sie in ihrem Schlafsaal einen Ofen aufstellen mussten. Doch trotz des Ofens und vieler Mäntel, die sie über sich legten, froren sie entsetzlich. Sie saßen in dicke Decken gehüllt auf den Lastwagen, die Gewehre zwischen den Knien, und starrten in die endlosen schneebedeckten Täler. Wenn sie ihre Waffen ohne Handschuhe anfassten, klebten die Finger am Metall fest. Nie hatten sie Soldaten der Gegenseite gesehen. Es war eine Geistergrenze.
Nach fünf Monaten eisiger Kälte schmolz der Schnee. Es wurde wärmer und die Täler waren erfüllt vom Duft der Blumen und Kräuter. Asaf dachte sehnsüchtig an Yeniköy und den Hof seiner Familie.

Rauf Karpat diktierte dem Schreiber von Yeniköy jeden Monat einen Brief an seinen Sohn. Erst Wochen später kam die Post in der Kaserne an.
Asaf blickte ungläubig, als ihm der Offizier bei einer wöchentlichen Briefausgabe zwei Umschläge in die Hand drückte. Der eine trug die bekannte Handschrift des Schreibers aus Yeniköy und war von Rauf und Ayşe, der andere war mit einer deutschen Briefmarke beklebt und

auf der Rückseite stand der Name seines Freundes Mehmed Rasih Peker. Sein Freund erzählte lang und umständlich aus dem Chemiewerk und dass er eine neue Wohnung gefunden habe, groß genug, um seine Verlobte nach Deutschland zu holen, die er vielleicht bald heiraten wolle. Zum Schluss schrieb er:

> Mein lieber Freund Asaf, erinnerst du dich an die Bar, wo die Frau, Agnes oder wie sie hieß, gearbeitet hat, die ein Auge auf dich Kerl geworfen hatte? Sicher erinnerst du dich, denn du bist später ja noch öfter dorthin gegangen. Sie hat ein Kind bekommen, einen Jungen. Unser Freund Mansur, du weißt doch, der aus dem Walzwerk, arbeitet jetzt auch hier. Er hat mir erzählt, sie habe irgendwo erwähnt, dieser Türke sei es gewesen, aber der sei weggezogen und wahrscheinlich nicht mehr in Deutschland. Ich bin an einem Wochenende mit Mansur nach Duisburg gefahren, weil ich es genau wissen wollte. An einem Abend sind wir in die Bar gegangen, um sie zu treffen und persönlich zu fragen, aber man hat mir gesagt, sie sei in eine andere Stadt gezogen und arbeite nicht mehr hier. Was soll ich dir noch schreiben? Wahrscheinlich ist alles nur Gerede der Leute. Die neue Frau in der Bar hat auch gesagt, ein Türke sei es gewesen, und der sei natürlich verschwunden, Türken würden immer verschwinden und nicht bezahlen. Da sind wir wortlos weggegangen, um nicht zornig zu werden. So soll niemand über uns Türken reden!

Lass dich beim Militärdienst nicht unterkriegen, auch wenn es eine Schweinerei ist, wie sie uns da behandeln. Aber du hast es bald hinter dir.
Mansur schickt dir seine Grüße.

Dein Freund für immer: Mehmed Rasih Peker

Asaf sah aus dem Fenster der Kaserne auf die Berge und die kleine Stadt. Kameraden kamen vorbei und luden ihn ein, mit ihnen in die Bar zu gehen. Er strich über seine Oberlippe, wo der Bart gewesen war, und winkte wortlos ab. Er wollte über den Brief nachdenken. Am liebsten hätte er über die Sache in Deutschland mit jemandem gesprochen, mit Rasih, oder vielleicht mit seinem Vater? Aber Rasih war in Frankfurt und der Vater viele hundert Kilometer entfernt in Yeniköy. Mit wem sonst könnte er über eine solche Angelegenheit reden?
Er legte sich aufs Bett und schloss die Augen. Es war gut, dass er allein war in dem großen Raum, der dreißig Soldaten als Schlafsaal diente. Es roch nach Maschinenöl, Schweiß und Staub und es war unerträglich heiß an diesem Tag. Er achtete nicht auf die Mücken, die in der Dämmerung in Schwärmen durch die Löcher der Schutzgitter hereinkamen.
Gegen Mitternacht lag er immer noch wach und angezogen auf dem Bett. Die ersten Soldaten kamen zurück in die Kaserne, einige waren betrunken und lärmten. Asaf zog die Decke über sich und stellte sich schlafend. Er hatte eine Entscheidung getroffen. Er würde nach Deutschland

zurückgehen und Agnes suchen. Es würde seine Eltern schmerzen, dass er wieder fortging, aber er würde es tun, komme, was da wolle. Es waren noch fast zwei Jahre, bis er hier herauskam.
Der Gedanke an die Reise, an das Wiedersehen mit Agnes, an sein Kind ließ die Zeit schneller vergehen, doch auch seine Ungeduld wuchs.

Als seine Dienstzeit abgelaufen war und er seine Entlassungspapiere in der Tasche hatte, nahm er den Bus bis Ankara und bestieg den Zug nach Istanbul. Er beschaffte sich ohne Probleme eine neue Arbeitserlaubnis für Deutschland. Seinen Eltern schrieb er einen kurzen Brief und kündigte ihnen an, er würde nach Yeniköy zurückkehren, sobald er einige Angelegenheiten in Deutschland geregelt habe. Er schrieb wieder nichts von Agnes und auch nichts von einem Kind.

Asaf Karpat reiste zunächst zu seinem Freund Rasih Peker nach Frankfurt. In den knapp vier Jahren seiner Abwesenheit hatte sich viel verändert. Jetzt gab es überall türkische Geschäfte und Restaurants, Döner-Schnellimbissstuben, wo sich türkische und deutsche Kinder nach der Schule ihr Essen holten und an den Automaten spielten. Ihm war fast so, als käme er in eine zweite Heimat zurück.
Er ging zur Personalstelle des Chemiewerkes, um sich zur Arbeit zu melden. Nein, er wolle nicht sofort beginnen, er brauche noch vier Wochen für seine persönlichen Angelegenheiten, aber man könne sicher mit ihm rechnen, sagte er.

Er überredete Rasih, ein paar Tage Urlaub zu nehmen und mit ihm nach Duisburg zu fahren. Mehmed Özgen, ein Freund, der in die Türkei reisen wollte, gab ihnen für diese Zeit seine Wohnung im Stadtteil Bruckhausen.

Am Tag nach seiner Ankunft in Duisburg ging Asaf in die Bar *Zur Eiche*. Es war ein sonniger Nachmittag und der Schankraum war noch fast leer. Hinter dem Tresen stand eine grell geschminkte Frau mit schwarzen Haaren und rauchte aus einer silbernen Zigarettenspitze. Sie trug ein figurbetontes schwarzes Kleid und hielt ihre Zigarette mit Eleganz.

»Ich suche Agnes, die hier gearbeitet hat«, begann er, unsicher angesichts dieser ungewöhnlichen Erscheinung.

»Was willst du von ihr?« Sie betrachtete neugierig den großen, etwas ungeschlachten Mann mit den noch kurzen Haaren und dem schwarzen Schnurrbart.

»Ein Freund hat mir in die Türkei geschrieben. Sie hat irgendwo erzählt, dass sie ein Kind bekommen würde. Ich will mit ihr sprechen, weil ich vielleicht der Vater des Kindes bin.«

Sie betrachtete ihn ungläubig.

»Du bist das also ...!?«

Asaf schwieg. Er hätte gewünscht, die Musik wäre nicht so laut, damit er nicht fast schreien musste. Ihr schien das nichts auszumachen.

»Ich weiß ja nicht, ob sie dich sehen will, Mustafa. Ich muss sie erst fragen, verstehst du?«

»Aber warum? Agnes kennt mich gut.«

»Warum ... warum ... Das kannst du dir doch denken, Mustafa – oder wie du sonst heißt. Ich kann doch nicht einfach einem Türken, der hier hereinspaziert, ihre Adresse geben, und dann stehst du mit einem Messer vor ihr und machst ihr Schwierigkeiten. Und ich hab dann die Schuld. Kommt gar nicht in Frage! Ich werde Agnes anrufen, dann sage ich dir Bescheid.«

»Wann rufen Sie sie an?«

»Vielleicht morgen, wenn ich dazu komme, vielleicht übermorgen. Komm in einer Woche noch mal vorbei.«

»Bitte, rufen Sie sie an! Wie soll ich sie sonst finden? Wissen Sie etwas von dem Kind?«

»Mein Gott, ich bin doch kein Kindermädchen! Was geht mich das Balg an, ich will davon auch gar nichts wissen. Mach das mit ihr selbst aus. Verstehst du?«

»Kann ich morgen wieder kommen?«

Sie betrachtete ihn prüfend.

»Du hast es wohl eilig, dein Geld loszuwerden. Na gut, das ist deine Sache ... In einer Woche, hab ich gesagt. Komm in einer Woche, dann habe ich mit Angie gesprochen.«

»Kann ich Ihnen ein Glas Sekt ausgeben?«

Sie goss sich, ohne etwas zu sagen, ein Glas Sekt ein und schrieb den Preis auf seinen Bierdeckel.

Asaf fühlte sich entmutigt. Aber was konnte er tun, um Agnes zu finden? Er war auf diese Frau angewiesen und machte noch einen Versuch.

»Arbeitet sie eigentlich irgendwo?«, fragte er wie nebenbei.

»Du bist wohl ein ganz Gerissener! Nun gib mal Ruhe, großer Mann! Ich werde sie schon anrufen und ihr erzählen, dass da ein Mustafa nach ihr gefragt hat ...«

»Sagen Sie ihr, dass Asaf Karpat zurückgekommen ist und sie sprechen möchte.« Er schrieb seinen Namen in Druckbuchstaben auf einen Bierdeckel und gab ihn ihr.

»Asaf Karpat heißt du also?! Gut. – Willst du bezahlen?«

Er bezahlte sein Bier und den teuren Sekt und fuhr in die Wohnung zurück, um sich mit Rasih zu besprechen.

Der Freund kam erst spät aus dem Kino zurück. Sie setzten sich in die großen verschlissenen Sessel unter dem Wandteppich, der in grellen Farben einen Blick auf Istanbul zeigte. Asaf holte Gläser und eine Flasche Rakı und goss beide Gläser bis zum Rand voll.

»Ich will dir mal was sagen«, begann Rasih, nachdem Asaf ihm von seinem erfolglosen Versuch erzählt hatte, Agnes zu finden, »und ich spreche jetzt als Freund zu dir. Aber kipp mir nicht gleich deinen Schnaps ins Gesicht, wenn dir nicht passt, was ich sage. Ich will ja nur, dass du die Angelegenheit von allen Seiten siehst, verstehst du?«

Asaf sah ihn verständnislos an.

»Kein Mensch hat sich bei dir gemeldet, um die Vaterschaft einzuklagen. Wer weiß, ob du der Vater bist. Was weißt du denn eigentlich von dieser Frau? Es gab ja mal Gründe, warum du einfach weggelaufen bist, erinnerst du dich? Nun werde nicht gleich zornig, mein Freund. Du sollst nur über alles gründlich nachdenken, dabei will ich dir helfen. Wenn du die Frau findest, und es stellt sich heraus, dass sie dich als Vater angibt: Weißt du, was dann passiert? Dann bezahlst du achtzehn Jahre lang für ein Kind, das vielleicht nicht dein Kind ist. Du zahlst für ein Kind, das du nicht mitnehmen kannst in die Türkei. Willst du das?«

Er machte eine Pause, nippte an seinem Schnaps und schielte aus den Augenwinkeln zu seinem Freund hinüber, der ruhig in einer Ecke des großen Sessels hockte und ihm aufmerksam zuzuhören schien.

»So, dann die andere Seite der Geschichte. Ich vermute doch richtig, dass du daran denkst, diese Frau zu heiraten. Ich kenne dich doch ... Wenn du das willst, dann musst du die Türkei vergessen und ein Deutscher werden. Sonst geht die Ehe kaputt, ganz sicher geht sie kaputt. Deutsche Frauen sind anders als unsere Frauen. Eine Frau wie Agnes kann nicht mit Schafen und Ziegen leben. Die deutschen Frauen kennen das Leben nicht so wie wir. Eine Agnes geht nicht mit nach Yeniköy, mach dir nichts vor! Und, mal angenommen, sie wäre einverstanden. Sie würde niemals darüber glücklich sein, abends mit dir auf der Bank vor eurem Haus zu sitzen. Sie will was erleben, will unter Menschen kommen, das Leben anders genießen, als wir das auf dem Dorf kennen. Mann, wir sind hier in einer Großstadt, du weißt das doch selbst! Also triff deine Entscheidung erst, wenn du gut nachgedacht hast ... Vielleicht solltest du gar nicht weitersuchen!«

Asaf hatte die Schwierigkeiten längst geahnt, sie aber beiseite geschoben. Hilflos und von dem starken Getränk leicht benommen, stierte er auf seinen Freund. Er hatte schon das fünfte Glas geleert. Die Ausweglosigkeit seiner Situation empörte ihn, aber er wusste nicht, wohin mit seiner Empörung.

»Du sagst mir nur Dinge, die alles noch schwieriger machen«, er griff nach einer Zigarette, obwohl er nicht rauchte, »es wird einen Ausweg geben, das kann nicht anders sein, Rasih. Wenn man jemanden liebt, gibt es immer einen Ausweg. Hilf mir mal, darüber nachzudenken.«

»Was gibt es da nachzudenken?! Denk mal an dich! Hau ab, bevor sie dich drankriegen, das ist der einzige Rat, den ich dir geben kann. Du willst doch nach Yeniköy zurück, das ist klar. Also, worauf wartest du? Das ist die einzige Lösung, die mir einfällt und die dich nicht ins Unglück stürzt.«

»Aber wenn es mein Kind ist, dann ist es mein Kind. Das kann ich nicht ungeschehen machen, indem ich einfach weggehe und so tue, als gäbe es das Kind nicht! Verdammt, hast du schon mal ein Kind gehabt, ein eigenes Kind? Wie ist das? Ich kann nicht anders, ich muss es wissen. Und wenn es das Kind gibt, will ich es sehen. Und was die Frau angeht, so wird sich eine Lösung finden.« Asaf hatte sich erregt nach vorn gebeugt, seine Augen blitzten.

Rasih unterbrach ihn und versuchte ihn zu beruhigen.

»Du bist ein guter Mensch, Asaf. Du wirst sowieso machen, was du willst. Aber wenn du mich schon fragst, dann gebe ich dir Antworten, auch solche, die dir vielleicht nicht passen. Meinst du, sie gefallen mir, meine Ratschläge? Ich hab die Welt doch nicht so gemacht, wie sie ist! Du musst lernen an dich zu denken. Jeder muss das!«

»Agnes ist nicht so, wie du meinst. Sie war sehr gut zu mir.«

Rasih sah ihn zweifelnd an.

»Hast du ihr Geld gegeben?«

»Nicht mehr, als normal ist«, gab Asaf trotzig zurück.

»Siehst du, ich wollte das gar nicht mehr erwähnen, dass sie dauernd mit irgendwelchen Männern unterwegs war. Aber als dein Freund rate ich dir, die Sache auf sich beruhen zu lassen. Vergiss sie!«

Er wusste längst, dass seine Ratschläge nicht für diesen Mann taugten, der da groß und verletzlich vor ihm im Sessel saß und dessen Augen trotz des vielen Rakı sanft und traurig blickten. Nein, dieser Mann würde die Sache nicht auf sich beruhen lassen.

»Wenn du mich brauchst, bin ich da, das weißt du«, schloss er das Gespräch und goss sich noch einen Schnaps ein. Er war müde und ging bald zu Bett. Asaf blieb allein zurück.

Schweigend und bewegungslos saß er in seinem Sessel. Seine Augen blickten in den sternenlosen Himmel, der von den Schloten der Kokerei gerötet war. Er hatte nicht gelernt, seinen Gefühlen aus dem Weg zu gehen, auch wenn sie ihn zum ersten Mal in seinem Leben so heftig überfielen und so völlig aus der Fassung brachten. Es hatte alles mit diesem Brief begonnen. Nein, viel früher ... Er marterte sein Gehirn, schimpfte sich selbst einen Dummkopf und Schwächling – und fühlte sich einsam.

Sein Freund Rasih fand ihn am Morgen schlafend auf dem Sofa.

Vier Tage später reichte ihm die Frau an der Bar einen zerknitterten Zettel aus ihrer Handtasche mit einer Telefonnummer. Asaf möge dort anrufen. Es sei dann an Agnes, ihm ihre Adresse zu geben oder nicht. Mehr könne sie nicht machen.
»Haben Sie ihr gesagt, dass ich zurückgekommen bin?«
»Ich hab sie gar nicht erreicht. Die Telefonnummer ist von einem Freund, der hat sie mir für dich gegeben. Das sei schon in Ordnung, hat er gesagt.«
Asaf rief aus einer Telefonzelle an. Es meldete sich niemand. Er strich tagelang rastlos durch die Straßen und wiederholte seine Anrufe. Vergeblich.
Er ging noch einmal in die Ruhrorter Bar, um die Frau zu fragen. Vielleicht hatte sie ihm versehentlich eine falsche Nummer gegeben? Sie sei nicht da, er solle am nächsten Tag wieder kommen, sagte ihm ein mürrischer junger Mann mit fettigen Haaren, der ungeniert mit einem Finger in seinem linken Ohr bohrte.
Am nächsten Tag traf er die Frau an.
»Hör mal zu, Mustafa! Wenn ich dir eine Telefonnummer gebe, dann ist die richtig! Ruf eben noch mal an!«

Rasih ging mit ihm ins Hauptpostamt. Sie erfuhren, dass der erste Teil der Telefonnummer zu einer Stadt namens Recklinghausen gehörte. Dann blätterten sie in einem dicken Telefonbuch und fanden ihre Adresse.

»Versuch noch einmal anzurufen«, drängte Rasih.
»Dieser Anschluss ist vorübergehend nicht erreichbar«, hörte Asaf und starrte verwirrt auf den Hörer.

An einem Samstagmorgen fuhren sie gemeinsam in Rasihs altem Auto nach Recklinghausen, um Agnes' Wohnung aufzusuchen. Sie fanden die Adresse nach langem Suchen und Fragen in einer verwahrlosten Straße. Das Haus war heruntergekommen, an der Tür waren billige, meist vom Regen unleserlich gewordene Namensschilder angebracht. Agnes' Name war nicht dabei.
Sie klingelten bei einer türkischen Familie. Ein korpulenter Mann in Pantoffeln öffnete ihnen und bat sie ins Wohnzimmer, als sie ihn türkisch ansprachen. Das Zimmer war voll gestopft mit Plüschsesseln, Karaffen, verzierten Uhren, Wandteppichen, Fotos und einer Menge Kindern, die vor dem Fernseher hockten und sich nicht stören ließen. Es war stickig, der Mann rauchte eine Zigarette nach der anderen. Vermutlich hatte er es aufgegeben, wenigstens hin und wieder das Fenster zu öffnen.
Eine Frau mit Kopftuch stellte wortlos drei Gläser mit Tee auf den Tisch. Dann brachten sie ihr Anliegen vor.
»Allah, was stellt ihr mir da für eine Frage? Sie hat auf der anderen Seite des Flurs gewohnt, ja, gleich da drüben.« Er zögerte verlegen.
»Aber sie wohnt da nicht mehr. Sie hat einen Unfall gehabt. Sie ist tot. Das haben uns die Nachbarn erzählt. Ich weiß nicht genau, was da passiert ist, nur so viel, dass sie mit anderen nachts an einer Autobahnausfahrt aus der

Kurve getragen wurde und im Krankenhaus gestorben ist. – Ja, das tut mir Leid, *arkadaşlar*, das tut mir Leid, meine Freunde. Das ist ja erst vor einer Woche passiert, oder vor zehn Tagen, ich weiß nicht ... Sie war eine freundliche Deutsche, eine sehr gute Frau war sie. Wir waren gute Nachbarn.«

Die Männer schwiegen, es waren nur der Lärm des Fernsehers und türkische Musik aus der Küche zu hören. Und von draußen die Geräusche des Straßenverkehrs. Der Türke holte Gläser und goss Rakı ein.

»Und das Kind? Weißt du etwas von einem Kind?«

»Nein, das Kind hat nicht hier gewohnt. Soviel ich weiß, ist es in einem Heim. Es war wohl krank, glaube ich. Deshalb hat sie es in ein Heim gegeben, sagte man mir. Mehr weiß ich nicht.«

»Kennst du jemanden, der darüber mehr wissen könnte?«, fragte Asaf mit ungewöhnlich leiser Stimme.

»Wer könnte das wissen?«, grübelte der Mann, »wer kannte die Frau besser als wir? Vielleicht andere Leute hier im Haus?«

Er schlurfte in die Küche und sprach mit seiner Frau. Sie kam, während sie sich die Hände abtrocknete, mit ihrem Mann ins Wohnzimmer.

»Sie wollte von dem Jungen nichts wissen. Sie hat ihn weggegeben, aber schon in der Stadt, wo sie vorher gewohnt hat. Wie kann man nur sein Kind weggeben, frage ich mich. Es soll in einem Heim sein. Da müsst ihr suchen. Es soll krank sein, hat sie mal gesagt. Sie könne sich nicht mehr darum kümmern.«

Die beiden Männer fuhren schweigend zurück nach Duisburg. Als sie den Wagen geparkt hatten, blieben sie noch einen Augenblick lang sitzen. Bis Asaf leise sagte: »Hilf mir das Kind zu finden. Du kennst dich hier besser aus als ich.«

»Natürlich, ich helfe dir, wenn du dir das alles gut überlegt hast.«

»Das habe ich«, sagte Asaf ruhig.

»Wir haben nicht einmal den Namen des Kindes.«

»Aber den der Mutter. In Deutschland ist alles gut organisiert. Hier geht kein Kind verloren!«

»Weißt du eigentlich, wie viele Kinderheime es in Duisburg gibt ...?« Asaf antwortete nicht und Rasih hatte wohl auch keine Antwort erwartet. Er rief am gleichen Tag in seiner Firma an und bat um ein paar Tage Urlaubsverlängerung; es handele sich um eine dringende Familienangelegenheit.

5

Die schmächtige, blasse Frau blätterte vor einem Aktenschrank in dicken, braunen Ordnern und blickte hin und wieder zu den beiden Männern mit den dichten Schnurrbärten, die verlegen auf ihren Stühlen saßen. Während sie suchte, erklärte sie ihnen:

»Dies ist ein Haus für Kinder, die Schwierigkeiten haben. Autistische Kinder zum Beispiel oder solche, die unfähig sind zu lernen oder mit schlimmen Hirnschäden zur Welt gekommen sind. Die Ärzte versuchen hier, ihnen zu helfen, eines Tages selbstständig zu werden. Wir haben meistens schwierige Fälle, mit denen sie in anderen Einrichtungen nicht zurechtgekommen sind, schwierig aber auch, weil keine Eltern mehr da sind – nein, nicht nur Waisen. Da sind Eltern, die nicht in der Lage sind, sich um ihre Kinder zu kümmern. – Wo haben Sie denn überall schon gefragt?«

Asaf machte eine hilflose Handbewegung.

»Überall, wo Kinder sind ... In so vielen Heimen. Wir sind schon seit einer Woche unterwegs.«

Die Frau blätterte weiter und zog schließlich eine schmale Mappe aus einem der Ordner.

»Ja, hier, das kann es sein ... Sie suchen den kleinen Alexander, vermute ich, Alexander Lehmann. Mutter: Agnes Maria Lehmann, Vater: unbekannt. ›Vermutlich Türke‹, hat jemand mit Bleistift dahinter geschrieben. Ich weiß auch nicht, warum sich nie jemand darum gekümmert hat.«

»Ich bin der Vater«, sagte Asaf.

Sie sah ihn verständnislos an.

»Und warum steht dann nicht Ihr Name hier?«

»Ich war nicht in Deutschland. Ich wusste gar nicht, dass sie ein Kind bekommen würde.«

»Woher wollen Sie dann wissen, dass Sie der Vater sind?«

»Ich werde es genau wissen, wenn ich das Kind gesehen habe. Wie alt ist es?«, fragte er.

»Alexander ist fast sieben Jahre alt.«

»Dann ist es ganz sicher mein Kind! Kann ich es sehen?«

»Und dann? Was ist dann?«

Asaf hüstelte und wusste nicht, woher er jetzt die Worte nehmen sollte. Es wäre ihm genauso gegangen, wenn er in Türkisch hätte antworten können. Sie sah ihn abwartend an.

»Dann kann ich mich um ihn kümmern«, begann er langsam, »ihm ein Vater sein. Ich kann ihn mit nach Yeniköy zu seinen Großeltern nehmen, zu unseren Schafen ... Kann ich das Kind sehen, bitte!«

Er scheute sich den Namen Alexander auszusprechen, aber in seinem Kopf wiederholte er ihn immer wieder.

»Das kann ich nicht selbst entscheiden. Ich muss den Chefarzt fragen, das müssen Sie verstehen! Sie sind nicht als der Vater eingetragen, und wir können nicht jedem, der hierher kommt, einfach die Kinder vorführen, verstehen Sie?«

Asaf nickte, während Rasih unruhig auf seinem Stuhl herumrutschte.

Sie verließ den Raum. Die beiden Männer warteten schweigend.

Die Frau kam mit einem Mann zurück, der vierzig Jahre alt sein mochte. Er war groß und schlank und hatte, zu Asafs Erleichterung, ein gutes, freundliches Gesicht. Er gab den beiden Besuchern die Hand und stellte sich als Peter Geiger vor.

»Also«, er wandte sich an Asaf, »Sie meinen, Sie könnten der Vater des kleinen Alex sein. Es ist nicht meine Aufgabe, das festzustellen. Aber wenn Sie ihn sehen wollen, bitte ich Sie trotzdem, mir darüber etwas mehr zu erzählen. Ich muss schon ein bisschen mehr wissen. Wie kommen Sie zu der Vermutung?«

Asaf erzählte, wie er Agnes kennen gelernt hatte, wie sie gemeinsam im Zoo waren und Agnes ihn mit in ihre Wohnung genommen hatte. Er erzählte, dass sie sich einige Wochen lang regelmäßig getroffen hatten, in der Stadt, im Park, sehr oft im Kino. Agnes war verrückt nach Kino und wollte immer wieder mit ihm hin. Er hatte daneben gesessen und fast nichts verstanden.

»Ist Ihnen an Frau Lehmann nichts aufgefallen?«, fragte Dr.Geiger freundlich.

»Was meinen Sie, was sollte mir aufgefallen sein?« Asaf blickte den Arzt verständnislos an.

»Ich meine, was den Umgang von Agnes Lehmann angeht. Hat sie von Ihnen Geld verlangt? Haben Sie bemerkt, dass sie mit anderen Männern ausgegangen ist?«

Asaf schüttelte den Kopf, aber die Frage bohrte in der alten Wunde.

»Warum sind Sie nicht mit ihr zusammengeblieben?«

»Wir hatten eine Meinungsverschiedenheit. Wir hatten Streit und ich war zornig auf sie und wollte sie nicht mehr sehen und bin nach Frankfurt gezogen. Und dann musste ich in die Türkei zurück, zum Militärdienst. Der dauert bei uns zweieinhalb Jahre.«

»Warum suchen Sie erst jetzt nach dem Kind?«

»Ich wusste ja von nichts! Hier«, er wies auf Rasih, »hier, dieser Freund hat mir dann eines Tages geschrieben. Ich habe seinen Brief aber erst sehr spät bekommen. Vom Militärdienst bekommt man bei uns auch keinen Urlaub ... Wenn es mein Kind ist, dann kann ich es vielleicht besuchen – oder mit in die Türkei nehmen ...«

»Dem kleinen Alexander geht es nicht gut«, sagte Dr. Geiger, »er war, soweit wir das wissen, in den ersten zwei Jahren bei seiner Mutter, bis sie ihn in ein Heim gegeben hat. Nein, nicht zu uns! Hier ist er erst seit einigen Monaten. Wir versuchen herauszufinden, wo seine Verletzung liegt, weil wir ihm sonst nicht helfen können. Das ist bei manchen Kindern sehr schwer, wenn wir fast nichts über ihre Herkunft wissen. Von Alexanders Kindheit wissen wir sehr wenig, nur ein paar vage Angaben über seine Mutter und dass sie mit dem Kind häufig umgezogen ist. Wir können deshalb nur mühsam herausbekommen, wie wir ihm helfen können.«

»Was hat er? Was ist das für eine Krankheit?«, fragte Asaf, der den Ausführungen des Arztes nur mühsam folgen konnte. Sicher verstand Rasih alles besser als er, aber er mochte den Arzt nicht unterbrechen, um seinen Freund zu fragen.

»Wir haben es mit einer mangelnden emotionalen Resonanz und starker Affektkälte zu tun. Er hat erhebliche Kontaktprobleme, Nähe und Distanz verunsichern ihn gleichermaßen. Das kann an einer emotionalen Mangelversorgung in den ersten Lebensjahren liegen. Er ist meist ziemlich scheu und in sich zurückgezogen, doch ich vermute hinter seinem Panzer einen großen Beziehungshunger. Sein Verhalten kann von einem Augenblick zum anderen umschlagen, dann wird er aggressiv und randaliert, schlägt sich selbst und andere, so als wollte er verzweifelt fragen: ›Was macht ihr mit mir?‹

Er ist auch noch nicht in der Lage, allein zur Toilette zu gehen, und bekommt dreimal am Tag eine frische Windel, der arme Kerl. Ich habe bis heute noch kein Lächeln auf seinem Gesicht gesehen.«

Er schwieg wieder einen Moment, nahm seine Brille ab und wischte sich mit Daumen und Zeigefinger die Augen, als sei er müde. Dann fuhr er fort, ohne Asaf aus seinem Blick zu lassen.

»Wir versuchen in der Therapie seine emotionale Stabilität aufzubauen. Eine solche Behandlung kann viele Jahre dauern. Die Erzieher, die ihn im vorigen Heim betreut haben, wussten sich keinen Rat mehr und haben ihn zu uns geschickt. Als hoffnungslosen Fall.«

Asaf hatte nur wenig vom Sinn der Worte aufnehmen können.

»Was ist das für eine Verletzung, Herr Doktor? Wo ist er verletzt?«, fragte er verständnislos.
»Nicht das, was Sie meinen. Ich spreche von einer inneren Verletzung, einem Schaden an seiner Seele und seinem Gemüt.«
Asaf hatte sich Mühe gegeben, alles zu verstehen, aber in den Sätzen dieses Mannes waren zu viele Worte, die er noch nie gehört hatte. Schaden an der Seele, das verstand er, aber nicht den Sinn all der anderen Ausführungen.
»Kann ich ihn sehen, bitte?«
Dr. Geiger schwieg einen Augenblick lang; man sah, dass er nachdachte. Er kannte diese Männer zwar nicht, aber sie hatten einfache, ehrliche Gesichter.
»Gut. Es ist zwar nicht üblich, Besucher zuzulassen, die nicht zur Familie gehören, aber wir machen es. Kommen Sie mit. Ich bringe Sie in ein Zimmer, wo Sie auf Alexander warten können. Ich bringe ihn, damit Sie ihn sehen.«

Sie warteten in einem schmucklosen Raum mit weißen Heizkörpern und ein paar gerahmten Kinderzeichnungen an der Wand. Durch die Fenster sahen sie hinunter auf eine parkähnliche Anlage. Unter den mächtigen Kastanien spielten Kinder. Während einige wild auf den Eisenstangen und Netzen herumturnten, saßen und standen andere wie unbeteiligt an einer Mauer. Man konnte nicht sehen, ob sie wahrnahmen, was um sie herum vorging. Einige gingen, den Blick auf den Boden gerichtet, stumpfsinnig an der Hand von Erwachsenen, die Köpfe unter bunten Mützen verborgen.

Dr. Geiger öffnete die Tür, an der Hand einen mageren dunkelhaarigen Jungen, der seltsam steif neben ihm stand. Er rührte sich nicht und schien auf etwas zu blicken, das in weiter Ferne lag. Geiger setzte sich auf einen Stuhl und schwieg. Auch die beiden Männer schwiegen. Die Sekretärin war neben der Tür stehen geblieben.
Langsam erhob sich Asaf von seinem Stuhl. Der kleine Alexander reichte ihm bis zu seinem Gürtel. Er hockte sich vor das Kind und murmelte:
»Benim oglum.«
Der Junge schien ihn nicht wahrzunehmen. Er wandte sich ab und ging einen Schritt auf Dr. Geiger zu. Er hob eine Hand, legte sie auf den eigenen Kopf und ließ sie wieder fallen. Asaf konnte sein Gesicht nicht sehen und starrte auf den dunklen Haarschopf.
»Es ist mein Sohn«, sagte Asaf, aber er sagte es mehr zu sich selbst. »Es ist mein Sohn.«
Er sprach den Jungen auf Deutsch an.
»Ich bin hergekommen, damit du weißt, dass es mich gibt. Wenn du willst, komme ich wieder und wir spielen miteinander. Ich könnte dir schöne Sachen mitbringen, Autos oder einen Drachen, oder Süßigkeiten. Oder wir setzen uns in den Park und gucken auf die Leute, die vorbeigehen, oder wir gehen ins Kino ...«
Der Junge reagierte nicht. Asaf versuchte seine Hand zu nehmen, aber der Junge riss sie ihm weg, ohne sonst eine Gemütsbewegung zu zeigen. Asaf stand auf.
»Es ist schwierig, ihn anzufassen oder zu umarmen. Das mag er nicht«, erklärte ihm Geiger, »es hat mit Ihnen

nichts zu tun. Das macht er bei uns genauso. Er will keine Zärtlichkeiten.«

»Ein Kind braucht das doch.«

»Natürlich. Vielleicht will er das im tiefsten Innern auch, aber ihm fehlen Kraft und Mut dazu. Und Vertrauen. Wir wissen nicht einmal, ob er uns jetzt versteht und ob er sich morgen noch an Ihren Besuch erinnert. Es ist schwierig, diese Mauer zu durchbrechen, die er um sich gebaut hat. Wir können nur hoffen, dass wir eines Tages näher an ihn herankommen, so dass wir ihm helfen können.«

»Kann ich ihn mitnehmen in die Türkei?«

Dr. Geiger war gerührt von der Entschiedenheit dieses Mannes. Aber er schüttelte den Kopf.

»Vielleicht wäre es für ihn die beste Lösung – eine andere Umgebung und jemand, der ihn liebt. Aber das heißt noch nicht, dass er nicht professionelle Hilfe braucht wie jeder Kranke. Ich hätte mir gewünscht, er wäre viel früher zu uns gekommen ... Nein, Sie können ihn nicht mitnehmen. Schon wegen unserer Gesetze ist das unmöglich. Weil Sie nicht der ausgewiesene Vater sind und es ein deutsches Kind ist, für das die deutschen Behörden zuständig sind ... Wir können das nicht ändern.«

»Darf ich ihn besuchen?«

Dr. Geiger überlegte. Auf was lasse ich mich da ein?, dachte er. Wie verhält man sich in einem solchen Fall? Ihm war keines der Kinder, die ihm anvertraut waren, gleichgültig und es schmerzte ihn, dass er und die anderen Ärzte dem kleinen Alexander bisher nicht viel hatten helfen können.

Was könnte es schaden, wenn dieser freundliche große Mann hin und wieder mit Alexander im Garten saß? Er würde vermutlich bald aufgeben, denn es könnte Jahre dauern, bis Alexander zu normalen menschlichen Reaktionen fähig wäre. Wenn überhaupt jemals. Er war nicht ganz sicher, ob es zu verantworten war, was er diesem Türken zugestehen sollte und was nur er entscheiden konnte. Er sagte schließlich unsicher:

»Kommen Sie einmal in der Woche, am besten am Samstagvormittag. Aber bringen Sie ihm nichts mit. Das könnte die Therapie stören, verstehen Sie? Ich kann auch gar nicht sagen, ob solche Besuche einen guten Einfluss auf Alex haben. Das werden wir abwarten müssen. Aber gut, ich habe nun einmal mein Einverständnis gegeben. Verstehen Sie bitte, dass wir das vielleicht eines Tages wieder rückgängig machen müssen. Wir wissen ja nicht, wie er reagiert. Ich nehme das ganz persönlich auf meine Kappe, verstehen Sie? Ich weiß nicht einmal, ob ich Ihnen das erlauben darf, weil Sie ja nicht rechtlich sein Vater sind. Das soll mich aber im Augenblick nicht kümmern.«

»Wie kann ich rechtlich sein Vater werden? So vor dem Gesetz?«

Dr. Geiger sah an die Zimmerdecke.

»Wenn Sie unbedingt wollen, frage ich beim Jugendamt, ob es da überhaupt eine Möglichkeit gibt.«

Asaf zog seine Brieftasche aus seinem Anzug.

»Ich möchte nun bezahlen dafür.«

Dr. Geiger sah ihn verblüfft an.

»Was wollen Sie bezahlen?«

»Ich will bezahlen, damit es der Junge hier gut hat. Sein Essen, sein Bett, seine Kleidung, seine Behandlung, Spielzeug, alles!«
Der Arzt lachte, legte Asaf die Hand auf die Schulter und führte ihn und seinen stummen Begleiter zur Tür.
»Das geht leider nicht, Herr Karpat. Ist ja großzügig von Ihnen, aber es geht nicht. Er hat ja hier alles, was er braucht. Ich kann von Ihnen kein Geld nehmen. Das müssen Sie verstehen. So etwas hat uns noch niemand angeboten ...!«

Asaf war enttäuscht über die Zurückweisung. Wäre es ihm gelungen, Geld für den Jungen dazulassen, wäre auf irgendeine Weise das Band zu seinem Kind enger geworden. So jedenfalls dachte er. Seine Enttäuschung aber war gering angesichts der Aussicht, seinen Jungen regelmäßig sehen zu können. Rasih sah die aufblitzende Freude im Gesicht seines Freundes und er sagte nichts, was sie hätte mindern können.

6

Asaf fuhr mit seinem Freund nach Frankfurt und holte seine Sachen. Für die ersten Tage schlief er auf dem Sofa einer befreundeten Familie, bis er ein eigenes Zimmer fand. Die Personalstelle im Walzwerk stellte ihn wieder ein.

An jedem Samstag machte er sich früh auf den Weg zu dem Haus, das sie »Lebenshilfe« nannten. Er zog immer seinen besten Anzug an, um einen möglichst guten Eindruck zu machen. Er war gewöhnlich schon vor der Zeit da und strich an den Auslagen der umliegenden Geschäfte vorbei. In Gedanken wählte er aus den reichen Angeboten Geschenke für Alexander aus, aber er traute sich nicht, gegen die Anweisung von Dr. Geiger zu verstoßen. Irgendwann würde er dem Jungen schenken, was er wollte!

Am achten Besuchstag hatte er im Spielzimmer gesessen und zugesehen. Alexander stand am Fenster und blickte starr irgendwohin. Asaf hatte bisher kein Wort seines Sohnes gehört. Die Therapeutin hatte ihm leise gesagt:

»Wir tun wieder so, als wären Sie gar nicht da. Er muss sich wohl noch an Sie gewöhnen.«

Sie wandte sich Alexander zu und versuchte seine Aufmerksamkeit auf die hölzernen Steine auf dem Teppichboden zu lenken. Sie setzte sich auf den Boden und sprach leise. Der Junge war schließlich zu bewegen, sich

zu ihr zu setzen. Die Frau baute aus den Klötzen ein Haus und beschrieb genau, was sie tat.
»Wir nehmen die Bausteine und bauen eine große Garage. Oder ein Haus.« Sie setzte Stein für Stein aufeinander. Alexander schien unbeteiligt.
»Jetzt brauchen wir noch eine Tür, um hineinzugehen. Was meinst du, ist die Türe groß genug? Wir können sie auch größer machen, damit das Auto hier hineinfahren kann ...«
Dann legte sie schweigend Stein auf Stein, bis das Gebäude wie ein kleines Gutshaus mit Türmen und Fenstern vor ihnen stand.
Langsam und zögernd griff Alexander einen schwarzen Stein, stellte ihn aufrecht und flüsterte:
»Großer Mann geht hinein.« Er hielt den Stein fast eine Minute in der Hand und betrachtete ihn. Dann setzte er ihn auf, kantete ihn hin und her, als würde der Stein auf zwei Beinen laufen, und bugsierte ihn durch die Tür. Der Stein war zu groß und das Haus fiel in sich zusammen. Der Junge schrie auf. In seinem Gesicht breiteten sich Entsetzen und Trauer aus und Tränen rannen ihm über die Wangen. Der Junge riss sich an den Haaren und seine Beine schlenkerten wild hin und her. Asaf musste sich beherrschen, ruhig sitzen zu bleiben.
Die Therapeutin war ganz still geblieben, bis der Anfall vorüber war, und nahm geduldig ihre Arbeit wieder auf. Sie begann das Haus wieder aufzurichten. Leise fragte sie:
»Der große Mann, Alexander, hast du damit diesen Mann gemeint?«

Sie wies auf Asaf, der regungslos auf seinem Stuhl neben der Tür saß.
Der Junge hatte sich beruhigt, blickte aber nicht auf. Er ließ seine Hände hinter dem Rücken verschwinden und schien jetzt nachzudenken.
Unerwartet flüsterte er:
»Wir bauen eine große Tür für den großen Mann.«
Er schien es plötzlich eilig zu haben und stapelte unordentlich die Steine aufeinander, so dass sie bald in sich zusammenfielen.
»Alexander, wir müssen das ganz langsam und sorgfältig machen. So ...«, sie half ihm und versuchte ihn zu ruhigen Bewegungen zu bringen. Es gelang nur sehr mühsam. Alexander formte fast tonlos mit den Lippen die Worte, die jeden Handgriff begleiteten.
»Das Haus muss größer sein ... Dafür brauchen wir mehr Bausteine ... Damit die Tür größer sein kann ... Damit der Mann durch die große Tür gehen kann ... Nein, kein Auto soll durch die Tür ... Nur der große Mann ...«
Alexander griff sich eines der Spielzeugautos und warf es achtlos beiseite. Schließlich stand aber das Haus mit allen Türmen und Fenstern und einem großen Tor. In diesem Tor stand aufrecht der schwarze Stein, wie ein Hausherr, der sein Gut bewacht.

Als die Therapiestunde zu Ende war, kehrte Alexander in den Garten zurück. Asaf sah ihm durch das Fenster nach. Der Junge hielt sich von den anderen Kindern fern, setzte sich auf den Rand des Sandkastens, saß dort, ohne zu wis-

sen, was er tun sollte. Einmal hob er beide Hände und legte sie sich auf den Kopf, als sei er verzweifelt über seine eigene Ratlosigkeit.
Die Therapeutin bat Asaf mitzukommen und führte ihn in einen anderen Trakt des Hauses. Durch die Glasscheiben des Flurs sah Asaf zum ersten Mal in seinem Leben das Elend kindlicher Zerstörtheit. Da lagen Kinder, die wie Kugeln zusammengerollt waren und sich nicht rührten in ihren Betten. Andere waren festgebunden oder hatten dicke Tücher um die Hände gewickelt, damit sie sich nicht selbst verletzten. Wieder andere hockten mit entstellten Gesichtern auf dem Boden und wiegten ihren Oberkörper sinnlos vor und zurück.
»Den meisten werden wir nie helfen können, weil sie unheilbare Gehirnschäden haben. Verglichen mit ihnen, geht es Ihrem Alexander noch sehr gut. Er ist heute zum ersten Mal allein auf die Toilette gegangen, stellen Sie sich das vor!«
Asaf durchströmte ein Gefühl des Glücks und der Zufriedenheit.

Nach drei Monaten ließ sich Alexander von Asaf an die Hand nehmen, um gemeinsam mit ihm durch den Garten zu gehen. Die anderen Kinder schienen den großen Türken und das Kind kaum zu bemerken. Während sie langsam über die Wege des Parks gingen, der zum Heim gehörte, sprach Asaf auf Deutsch und auf Türkisch mit dem Jungen. Er versuchte leise zu sprechen, um ihn nicht zu erschrecken. Er war glücklich, wenn Alexander sich an seine Hand klammerte.

Asaf war die ersten Male, als er mit dem Jungen allein war, ratlos, denn er wusste nicht, wie man mit einem Kind spricht. Ihm fiel nur ein, den Jungen jedes Mal daran zu erinnern, dass er mit seinem Vater durch einen Garten gehe, und dass das schön sei. Er erzählte auch Geschichten aus seiner Kindheit in Yeniköy und von den Großeltern, die er, da sei er ganz sicher, bald einmal sehen würde. Der Großvater würde bald ein Pferd oder einen Esel kaufen, um mit einem kleinen Wagen Milch und Käse in die Stadt zu bringen. Sicher würde er Alexander reiten lassen.

»Das wird dir gefallen, wenn wir zu deiner Großmutter kommen. Da riecht es gut im Haus, denn sie backt jeden Tag selber das Brot. Alles ist weiß von dem Mehl, aber das stört uns nicht. Wenn es kalter Winter ist und sie die Holzscheite in den Ofen schiebt, ist es besonders schön und gemütlich. Der Großvater wird dir ein Pferd aus Holz schnitzen, sicher wird er das tun, denn er kann das gut! Niemand kann so geschickt schnitzen wie dein Großvater Rauf. Und dann sehen wir uns die Schafe und Ziegen an und du reitest bei unserem Ali auf dem Rücken. Was meinst du?«

Alexander sah zu ihm auf, die Traurigkeit in seinen Augen schien von den Versprechungen nicht berührt zu werden. Aber Asaf ließ sich nicht beirren und setzte seine Besuche und seine Geschichten fort.

Nach einem weiteren Monat erfuhr Asaf Karpat von Dr. Geiger, dass keine Aussicht bestehe, Alexander in seine Obhut zu geben.

»Den Behörden reicht Ihre Aussage, dass Sie der Vater sind, nicht aus. Man könnte es sicher irgendwie feststellen. Wenn Sie wollen, können wir einen Antrag stellen. Aber da gibt es noch ein anderes Problem. Sie haben mir von Ihrem Heimatort Yeniköy erzählt, von Ihren Eltern, die sich um das Kind kümmern würden. Es würde in einem Dorf in Anatolien keine Therapie bekommen können, wäre ganz auf sich angewiesen. Das wird man nicht zulassen, auch wenn Sie als der leibliche Vater anerkannt werden ...«

Er unterbrach sich und legte eine Hand auf den Arm des Türken.

»Ich habe ja keinen Zweifel, dass Ihre Familie das Kind gut behandeln würde, aber ohne Therapie wird Alexander weiter zurückbleiben. Wir würden nie erfahren, welche Möglichkeiten vielleicht doch noch in ihm stecken. Das können Sie doch nicht wollen!«

Asaf besuchte Alexander bis in das Frühjahr hinein. Es gab keinen Samstag, den er fortblieb.

Er sah ihn in seiner Vorstellung oft zwischen seinen Eltern in der Sonne vor ihrem Haus in Yeniköy sitzen. Er hatte Heimweh, aber er wusste, dass er ohne seinen Sohn nicht nach Yeniköy zurückkehren würde.

Er konnte dem Jungen jetzt über den Kopf streichen, ohne dass dieser aufschrie und sich wehrte wie in den ersten Monaten. Einmal hatte er ihn auf den Arm genommen, als er sich von den Ärzten und Therapeuten unbeobachtet fühlte. Alexanders Körper hatte sich versteift,

aber er hatte sich nicht gewehrt und schließlich mit einer Hand nach dem dunklen Schnurrbart gegriffen. In seinen Augen war für einen winzigen Augenblick ein Strahlen gewesen, wie Asaf es noch nie gesehen hatte. Die ersten einfachen Worte, die Alexander in einem seltsamen Gemisch aus Deutsch und Türkisch mit ihm wechselte, machten ihn glücklich. Heute hatte Alexander ihn angelächelt und war auf dem Hof auf ihn zugelaufen.
Asaf dachte nicht viel darüber nach, was im Innern des Jungen vorging. Er hatte diesen strahlenden Blick der Kinderaugen nicht vergessen. Das konnte nur etwas Gutes bedeuten, wenn Kinderaugen strahlen, dachte er.

Niemand im Haus der »Lebenshilfe« misstraute dem Türken. Er brachte Dr. Geiger und der Therapeutin Schafskäse und warmes Fladenbrot aus der türkischen Bäckerei mit, oder süßes Lokkum und Pistazien. Er konnte sich schon bald im ganzen Haus bewegen, wie er wollte, ohne dass ihm jemand Fragen gestellt hätte. Alle hatten sich an seine Besuche gewöhnt.

An einem Besuchstag nach fast einem Jahr nahm er Alexander beiseite und flüsterte ihm in türkischer Sprache zu: »Zeig mir einmal, wo du schläfst, mein Junge!«
Alexander schien ihn verstanden zu haben. Er hatte ihn hinter sich hergezogen, war mit ihm durch lange Flure in einen Raum der unteren Etage gegangen, wo drei Betten standen, und hatte auf ein Bett am Fenster gezeigt.
»Hier schläft Alexander immer.«

Asaf löste die Verriegelung des Fensters, ließ es aber geschlossen. Er blieb bis zum Abendessen im Heim und saß mit Alexander abseits der anderen lärmenden Kinder im Speisesaal. Vor ihm stand eine Tasse mit warmem Tee, den er nicht angerührt hatte. Als Alexander sein Brot aufgegessen hatte, hielt ihm Asaf die Tasse an den Mund.
»Trink, der Tee ist schön süß, er wird dir schmecken.«
Folgsam nahm Alexander ein paar Schlucke. Den Rest schüttete Asaf in den Ausguss, spülte die Tasse aus und stellte sie in der Küche zum anderen benutzten Geschirr. Alexander wurde, wie die anderen Kinder auch, zu Bett gebracht. Asaf zog seinen dunklen Mantel an, winkte den Küchenmädchen zu und verließ das Haus.

In der darauf folgenden Nacht fuhr langsam ein Auto am Haus »Lebenshilfe« vorbei und parkte im Schatten der Linden einer Seitenstraße. Die Lichter des Wagens verloschen. Es regnete, die Straße war nur von einigen fahlen Laternen beleuchtet.
Ein Mann stieg aus dem Auto und drückte die Türe leise hinter sich zu. Er ging bis an das Grundstück des Heims, blickte sich kurz um und schwang sich geschickt über die Mauer. Der Fahrer war im Wagen geblieben, duckte sich tief und behielt den Sekundenzeiger seiner Uhr im Auge. Nach genau hundertundzwanzig Sekunden stieg er aus, ging auf die Mauer zu, nahm ein schweres Bündel entgegen und trug es ins Auto. Der andere saß wenig später schwer atmend neben ihm und sie fuhren langsam davon. Niemand hatte sie gesehen.

7

Während der Reise mit den vielen ungewissen Grenzübergängen hatte Rasih seinen Freund davon überzeugt, dass es besser sei, Alexander bei seinen Großeltern abzugeben und sofort wieder nach Deutschland zurückzukehren.

»In weniger als einer Woche müssen wir zurück sein! Man wird dich suchen, Asaf, und wenn du nicht in Deutschland bist, weiß die Polizei sofort, was passiert ist. Und dann dauert es nicht lange, und die Polizei taucht in Yeniköy auf, um Alexander zurückzuholen. Du glaubst doch wohl nicht, dass der Arzt ihnen verschweigt, wer Alexander seit fast einem Jahr besucht hat? Deine Eltern kommen schon mit ihm eine Zeit lang allein zurecht. Wenigstens bis zum Jahresende solltest du weiter ins Walzwerk gehen, bis Gras über die Sache gewachsen ist. Wenn sie dich fragen, stellst du dich einfach dumm.«

Für Asaf war es ein schmerzlicher Gedanke, Alexander lange Zeit nicht sehen zu können. Aber er vertraute der Klugheit Rasihs. Er dachte auch an sein Versprechen, den Pass eines gleichaltrigen Sohnes türkischer Freunde persönlich wieder zurückzubringen. Man hatte ihm das Dokument geliehen, damit sie es notfalls an den Grenzen vorzeigen konnten. Bei Kinderpässen schauten die Grenzer selten genau hin. Auf dem Dokument, das er bei sich trug, sah der Sohn seiner Freunde Alexander irgendwie

ähnlich. Aber sie hatten sich entschlossen, den mageren Alexander an den Grenzen hinter dem Wäschekorb zu verbergen und notfalls eine Ausrede bereitzuhalten, wenn er gefunden würde.
Sie hatten dem Jungen erklärt, er müsse ganz still liegen, ganz gleich, was passieren würde, und er solle auf keinen Fall sprechen! Alexander hatte schweigend hinter dem Korb gelegen, als sei er nicht da. Außer in Edirne hatten sie keine Kontrolle über sich ergehen lassen müssen.

Asaf war durchaus nicht sicher, ob Ayşe und Rauf seinen fadenscheinigen Erklärungen glaubten. Der Junge Alexander, den sie Iskender nennen sollten, sei sein Sohn. Die Mutter sei leider ums Leben gekommen. Damit mussten sie sich zufrieden geben.
Sie stellten, wie so oft, keine Fragen. So war er mit Rasih nach zwei Tagen abgereist.
Damit begannen die Schwierigkeiten der beiden Alten in Yeniköy.

Keiner der Nachbarn stellte viele Fragen, warum Rauf und Ayşe plötzlich ein Kind im Hause hatten. Es sei ihr Enkelkind, erklärten sie, und nach einem Jahr würde ihr Asaf, vielleicht mit seiner Frau, nach Yeniköy zurückkehren. Er würde mit eigenem Auto kommen, um seinem Kind die ganze Türkei zeigen zu können. Mehr wollten sie nicht sagen und mehr wussten sie auch nicht.
Rauf hatte dem Jungen ein flaches Bett gebaut und es in ihrem Schlafzimmer aufgestellt. Unmöglich konnten sie

das fremde Kind allein in Asafs Schlafkammer schicken, darüber waren sie sich sofort einig gewesen.
Wenn die beiden Alten sich auf ihren Matten, wie sie es gewohnt waren, schlafen legten und noch ein paar Worte miteinander wechselten, um die Ereignisse des Tages zu besprechen, dann glaubten sie, der Junge schlafe schon. Vielleicht schlief er, vielleicht hatte er nur die Augen geschlossen und lauschte den unverständlichen sanften Worten in der Nacht. Sicher hatte er in der Wärme dieses weiß gekalkten Raums mit seinen Großeltern Empfindungen, die ihm neu waren. Einschlafen und Erwachen waren von anderen Stimmen, Bildern und Gerüchen begleitet als bisher – und von der immer anwesenden Liebe der beiden Alten.

Der Junge sprach nicht. Sie glaubten zuerst, er würde noch zu wenig von ihrer Sprache verstehen. Aber wie seltsam er sich benahm! Er aß nicht mit ihnen. Erst wenn sie den Raum verlassen hatten, nahm er von den Speisen, die in Schüsseln und Näpfen auf dem Tisch standen. Er ließ nicht zu, dass sie ihn berührten. Dann begann er unvermittelt allein und ziellos über die Felder zu gehen. Er achtete nicht auf die Wege, stolperte manchmal über Kürbisse und Melonen. Ayşe folgte ihm mit Abstand, in Sorge, er könne sich verlaufen oder mit seinen noch immer stakigen Schritten und unbeholfenen Bewegungen unversehens in den Bach fallen. Er kehrte allein zurück und schien seine heimliche Begleiterin nicht wahrgenommen zu haben.

Ayşe folgte ihm unverdrossen. Bis in die Nacht hinein redete sie mit Rauf darüber, was das alles zu bedeuten haben könnte.
Einmal ging er direkt auf den Bach zu, der einige hundert Meter vom Haus entfernt durch die Felder floss. Sein Schritt wurde langsamer, am Ufer blieb er stehen. Vorsichtig ging sie näher an ihn heran und begann schon in einiger Entfernung leise zu sprechen. Sie wusste nicht, ob er sie verstand. Was sollte sie sonst tun?
Der Junge war am Wasser, er rührte sich nicht, stand mit seinen mageren Beinen im hohen Gras und starrte auf einen Schuppen, der mit herabhängendem Dach und brüchigen Wänden einige Meter entfernt auf der anderen Seite des Baches stand. Das Tor war nicht mehr da, es klaffte nur eine dunkle Öffnung, hinter der man nichts erkennen konnte. Er starrte gebannt hinüber. Irgendetwas schien ihn zu fesseln oder zu ängstigen, denn er rührte sich nicht. Auch Ayşe war stehen geblieben, vielleicht zehn Meter hinter dem Jungen. Näher traute sie sich nicht heranzugehen, um ihn nicht zu erschrecken.
»Hab keine Angst, Iskender«, sagte sie leise, »das ist nur ein alter Schuppen. Früher hat ein Bauer seine Feldgeräte darin aufbewahrt. Oder seine Schafe haben da Schutz vor dem Regen gesucht. Er sieht so verlassen aus, weil ihn niemand mehr benutzt. So einen Schuppen haben wir auch, er steht ja gleich hinter dem Haus und Ali schläft dort. Aber unser Schuppen ist nicht verfallen, weil wir ihn neu gebaut haben und immer benutzen. Ich kann ihn dir zeigen, wenn wir den Käse machen.«

Der Junge bewegte sich nicht. Behutsam ging Ayşe näher an ihn heran und sprach immer weiter. Ob ihr Kopftuch ihn erschreckte? In Deutschland trugen die Frauen keine Kopftücher, dachte sie verwirrt. Sie nahm es ab und steckte es in ihre Schürze. Die schwarze Lockenfülle fiel ihr bis auf die Schultern. Erschreckt holte sie das Tuch wieder hervor und band es wieder neu um ihren Kopf. Der Junge kannte sie ja außerhalb des Hauses gar nicht anders! Sie stand unmittelbar hinter ihm – und nahm seine Hand. Er zog sie nicht weg und ließ sich willig zurückbringen. Ununterbrochen sprach sie mit ihm, vom Brot, das sie backen würde, von den Blumen am Wegrand, von den Vögeln, die vor ihnen aufflogen – ohne zu wissen, ob er sie verstand.
An diesem Abend brachte sie ihn zu Bett und zog die Decke unter sein Kinn. Wenn er doch einmal lächeln würde, dachte sie, ohne ihren leisen Redefluss zu unterbrechen, wenn er doch einmal lächeln würde, wüsste ich wenigstens, dass er weiß, dass ich es bin.

Alexander schlief, als Ayşe sich mit Rauf zur Ruhe legte. Die Luft war wie Seide in dieser Nacht und der Mond schien durch die kleinen Fenster.
»Wenn ein Schaf Lämmer hat«, sagte Rauf, »tut das Schaf immer das Richtige mit seinen Lämmern und muss nicht darüber nachdenken. Wir wissen zwar nicht, was mit ihm los ist, aber es ist unser Junge und wir tun einfach das, was wir für richtig halten. Wir müssen dem Herzen folgen. Du hast ihn heute schon zu Bett gebracht, ohne dass er dich weggestoßen hat. Es wird doch besser mit ihm!«

»Ich mache mir große Sorgen«, flüsterte sie, »er sieht so verlassen aus.«

»Es wird alles gut werden. Bald kommt unser Asaf zurück. Warum ist er nur nicht hier geblieben?«

»Er weiß, was er tut.«

Ayşe nahm Alexander nun häufiger an die Hand und ging mit ihm durch die Felder. Er schien es zu mögen, denn er wehrte sich nicht mehr. Aber er blieb ein stummer Begleiter, und Ayşe wusste nicht, was er dachte oder ob er überhaupt irgendetwas dachte oder fühlte. Oft kehrten sie erst nach vielen Stunden erschöpft zurück.

Im großen Geräteschuppen, wo sie ihren Käse zubereitete, wurde die Milch immer häufiger sauer und musste weggeschüttet werden, weil sie nicht rechtzeitig verarbeitet wurde.

Sie nahm ihn mit in den Ort, wenn sie Einkäufe zu machen hatte. Ihre Freundinnen und die Verkäufer wollten mit Alexander sprechen, boten ihm Bonbons und süßes Gebäck an, aber er reagierte nicht.

»Er versteht unsere Sprache noch nicht«, beschied Ayşe die ratlosen Freunde ein bisschen unwirsch und gab Alexander den Korb mit den Einkäufen. Er nahm ihn stumm, aber ohne zu zögern, entgegen und trug ihn nach Hause.

An einem Nachmittag nahmen Ayşe und Rauf ihn mit in jenen Raum, wo sie die Milch in großen Kannen aufbewahrten und die Geräte für die Herstellung ihres Käses standen. Sie bereiteten die weißen Tücher vor, um die Käsemasse austropfen zu lassen, spülten die großen Schüsseln und Holzbottiche. Sie unterhielten sich, richteten Fragen an Alexander, der an der Wand lehnte, lachten ihm zu und ließen sich von seiner wortlosen Erstarrung nicht beeindrucken.

»Komm, hilf mir«, sagte Ayşe und zeigte auf einen Krug mit Milch, »gieß mir die Milch hier auf das Tuch.«

Sie wartete, Rauf sah von seiner Tätigkeit zu dem Jungen auf.

»Komm, hilf deiner Großmutter«, sagte er.

Ayşe hielt geduldig das Tuch.

Alexander löste sich von der Wand und ergriff den Krug mit beiden Händen. Sie sahen, dass sie zitterten. Ein großer Teil der Milch schwappte auf den Boden, aber Alexander hielt tapfer den Krug, bis er leer war.

»War das nicht gut? Wer so etwas kann, der wird auch bald ein guter Schafhirte sein.«

Rauf lachte und murmelte weiter zustimmend und zufrieden vor sich hin. Alexander hatte sich wieder an die Wand gestellt, sein Gesicht war verzerrt wie nach einer ungeheuren Anstrengung. Er atmete schwer und seine Augen schienen größer geworden zu sein.

»Das – war – nicht – schwer«, brachte er mühsam hervor.

Es waren die ersten Worte, die Alexander in Yeniköy, seit Asaf nach Deutschland gefahren war, gesprochen hatte. Er hatte türkisch gesprochen, ohne einen Fehler zu machen. Aber die vier Worte waren schwer über seine Lippen gekommen.

In der folgenden Nacht erwachte Rauf. Er wusste nicht, ob ihn ein Geräusch geweckt hatte, und lauschte in die Dunkelheit. Er richtete sich auf und sah im Mondlicht zu Alexanders Bett. Es war leer. Seine Kleider hingen nicht an ihrem Platz. Er ließ Ayşe schlafen, um sie nicht zu beunruhigen. Leise stand er auf und sah in den Raum nebenan. Von Alexander keine Spur, aber die Tür nach draußen war nur angelehnt. Er trat hinaus und blickte um sich. Gelblich warmes Mondlicht erhellte das Land, so dass er bis zu den Bergen sehen konnte. Rauf ging um das Haus herum.

Aus dem Geräteschuppen, aus dem Raum, wo sie den Käse zubereiteten, sah er einen schwachen Lichtschein. Ali war mit der Herde in den Bergen geblieben, er konnte das Licht nicht angezündet haben. Rauf ging den kurzen Weg zu dem Gebäude hinüber und öffnete vorsichtig und leise die Tür. Der Raum war von einer Kerze erleuchtet, die einsam auf der Fensterbank stand.

Zuerst war es der durchdringende Geruch von Sauermilch, Molke und Frischkäse, den Rauf wahrnahm. Seine Augen gewöhnten sich langsam an das trübe Licht und er sah auf ein Bild der Verwüstung. Große und kleine Tonkrüge lagen zerschlagen auf dem Boden, umschwappt von ausgelaufener Milch. Die hölzerne Presse war vom Tisch auf den Boden gefallen, der Deckel war zerbrochen. Aus einer umgestürzten Tonne rann Käsemasse auf den Boden, helles Olivenöl versickerte in den Fussbodenritzen. Auf dem Tisch verstreut Lab-Pulver und Kräuter, die sie dem Käse beigaben. Die weißen Tücher zum Abtropfen des Frischkäses lagen zertrampelt auf dem Boden, einige waren zerrissen, als habe ein Wolf sie zwischen den Zähnen gehabt.

Keine Spur von Alexander.
Rauf war in der Türe stehen geblieben und unterdrückte den Drang, nach den zerschlagenen Krügen und Geräten zu greifen.
Du musst Ruhe bewahren, dachte er, manche Dinge sind nicht so einfach zu begreifen wie andere. Kein Zweifel, das hatte Alexander angerichtet. Hatte er nur zerstören wollen? Nein, entschied sich Rauf. Da musste etwas anderes vorgefallen sein, etwas Schreckliches und Schmerzliches, das er noch nicht verstand. Nun kommt es auf dich an, sagte er sich, du bist ihm in dieser Nacht Vater und Mutter, denn nur du allein bist hier zur Stelle. Hier hat Allah dich hingestellt.
In seinen Pantoffeln ging er, ohne auf Milch und Käseklumpen zu achten, zur Tür des Winterstalls. Drinnen roch es nach altem Heu, Dung und Mäusen. Rauf sah mit einem Blick, dass er leer war. Er ging zur gegenüberliegenden Tür, die nach außen führte, und öffnete sie langsam. Sie war entriegelt. Er trat in die Nacht hinaus.
Er hörte Alexander, bevor er ihn sah. Im hellen Mondschein stand er, mit dem Rücken angstvoll an die Wand gepresst. Seine Kleidung war völlig durchnässt und roch nach saurer Milch. Sein Gesicht war tränenüberströmt, der Alte hörte sein Wimmern und unverständliches Stammeln. Rauf Karpat kniete vor dem Jungen nieder und hielt ihn fest. Er spürte das Gesicht des Jungen an seinem Bart und wie nasse Kleider und Kindertränen sein Nachthemd durchdrangen.
Vorsichtig nahm er Alexander auf den Arm. Er löschte die

Kerze und ging mit seiner leichten Last um das Gebäude herum zu ihrem Haus. Er zog seine durchweichten Pantoffeln aus, streifte Alexander die nassen Kleider ab und griff nach einer Decke, um sie dem Jungen um den zitternden Körper zu legen. Dann legte er ihn auf seine Schlafmatte, so dass er zwischen Ayşe und ihm lag. Der Junge wehrte sich nicht.

Rauf hatte während des Weges zum Schlafzimmer zu ihm gesprochen und er fuhr leise fort zu sprechen, ohne lange über seine Worte nachzudenken. Ayşe war wach geworden, aber sie stellte keine Fragen.

»Du hast selber Käse machen wollen«, murmelte er, sein bärtiges Gesicht nahe am Kopf des Jungen, »so wie du es bei uns gesehen hast. Das sollst du auch. Nicht mehr lange, dann kannst du das ganz alleine. Aber du bist noch klein und musst noch ein wenig lernen. Ich war früher auch klein und konnte es nicht. Asaf war klein und konnte es nicht. Morgen werden wir alles in Ordnung bringen, neue Krüge und Tücher kaufen, und dann zeigen wir es dir. Wir hätten es dir längst zeigen können, wenn wir gewusst hätten, dass du es lernen willst. Die Milch da im Schuppen, die taugte noch gar nicht zum Käsemachen, mein kleiner Iskender. Du konntest das ja gar nicht wissen. Wir haben sie dahin gestellt, um morgen die Sahne abzuschöpfen. Wenn sie sich nämlich oben auf der Milch gesammelt hat, dann kann man sie leicht wegnehmen, die verbraucht Ayşe in der Küche oder macht Butter daraus. Aber für den Käse taugt sie nicht. Dann erst nehmen wir ein ganz klein wenig Lab und rühren es in die Milch. Mit dem Pulver wird es eine feste Masse, da mischen wir Salz und Kräuter hinzu, damit es gut schmeckt. Du kennst ja unseren Käse! Das alles lassen wir dann in den Tüchern abtropfen, ganz lange, bis keine Molke mehr herauskommt. Dann kommt der Käse in die Presse, das dauert Tage, bis er fast trocken ist und kaum noch Wasser hat. Wenn es genug ist, verkaufen wir ihn oder wir stopfen den Käse in die Ziegenbälge und nähen sie zu. Fertig! Aber das kann niemand machen, ohne zu wissen, wie es geht. Das ist eine Arbeit, die die Erwachsenen machen. Wir haben es von Ali gelernt, er ist ein guter Käsemacher. Und Ali hat es in den Bergen gelernt ... Morgen fangen wir damit an.«

Während er sprach, streichelte Ayşe den Kopf des Jungen. Deshalb wusste sie auch trotz der Dunkelheit, dass Alexander einige Male genickt hatte. Er hatte aufgehört zu weinen, aber noch lange drangen Seufzer aus seiner Brust.

Als es schon hell wurde, schliefen alle eng beieinander liegend ein und wurden erst wach, als die Hühner vor ihrem Fenster lautstark ihr Futter verlangten.

Sie räumten die Schäden der Nacht gemeinsam auf. Rauf und Ayşe waren erleichtert, dass Alexander angesichts der zerstörten und verschmutzten Gegenstände kein Schamgefühl zu haben schien, so als gingen ihn die Ereignisse der Nacht nichts mehr an. Es war wie ein Wunder: Er plapperte vor sich hin und wiederholte immer wieder, dass man ohne Lab keinen Käse machen könne und dass

die Sahne nicht zum Käse tauge. Er kniete mit einem Tuch auf dem Boden und wischte die letzten Milchspritzer aus den Ecken. Er ging, zur Überraschung der Großeltern, sorgsam zu Werke und putzte sogar dort, wo Ayşe sich schon Mühe gegeben hatte, so als sei es ihm nicht sauber genug und als liege alle Verantwortung bei ihm. Als der Boden sauber war, machte er sich an die Wände und den Tisch und schüttelte nur den Kopf, als Rauf ihm sagte, nun sei es genug. So ließen sie ihn gewähren, glücklich über sein türkisches Geplapper, in das sich deutsche Wörter mischten und das sie kaum verstanden.
Sie waren wieder zufrieden mit der Welt.

Als Rauf ihn später am Nachmittag aufforderte, mit ihm in den Ort zu gehen, um neue Krüge zu kaufen, lächelte er und legte seine Hand in die des Alten.
Für den Rückweg mieteten sie eine Pferdedroschke, denn die schweren Tonkrüge hätten sie allein nicht bis zu ihrem Haus etwas außerhalb der Ortschaft tragen können.
Rauf bat den Kutscher, auf die zerbrechliche Fracht, die auf den hinteren Sitzen lag, zu achten, setzte sich mit Alexander auf den Kutschbock, nahm die Leinen und gab dem Pferd durch ein Schnalzen das Zeichen anzuziehen. Als sie auf dem Weg waren, gab er Alexander die Zügel, zeigte ihm, wie er sie halten solle und was er zu tun habe, um Menschen oder anderen Wagen auszuweichen. Er drehte sich zum Kutscher um und begann mit ihm ein Gespräch über das Alltagsgeschehen in Yeniköy. Häuser und Bäume zogen langsam vorbei, der Wagen fuhr ruhig

auf der Mitte der Straße. Die Räder knirschten im Sand oder polterten über Steine, Kinder wichen aus, Alexander duckte sich vor herabhängenden Zweigen, Menschen gingen vorbei. Ein Junge voll innerer Erregung lenkte zum ersten Mal in seinem Leben ein Gefährt und es erschien ihm unglaublich, dass die großen Pferde seinen Händen gehorchten.

Vor ihrem Haus zog Alexander leicht die Zügel an. Die Pferde standen still, der Kutscher und Rauf luden die Waren aus und brachten sie ins Haus. Als sie zurückkehrten, stand Alexander vor den beiden mageren Tieren und sah ihnen zu, wie sie Gras ausrupften, die Zügel immer noch in der Hand. Er wird vielleicht nie mehr vergessen, wie ein Pferd Gras ausrupft, dachte Rauf und war zufrieden mit diesem Tag.

Seit diesem Ereignis lief Alexander nicht mehr allein in die Felder. Er aß mit den beiden Alten und sie besprachen mit ihm, was im Haus zu tun war, und zeigten ihm, wie man ein Schaf melkt. Alexander schlief wieder allein auf seinem Bett. Aber immer noch sprach er oft tagelang kein Wort.

»Er muss mit Kindern zusammen sein«, sagte Ayşe ihrem Mann, »schick ihn mit Ali in die Berge. Es ist besser, wenn er nicht nur mit uns zusammen ist. Aber er soll jeden Abend zurückkommen. Ich will nicht, dass er jetzt schon in den Höhlen schläft.«

Als Ali mit der Herde an diesem Abend zurückkehrte und die Schafe in die Gatter getrieben waren, nahm ihn Rauf Karpat beiseite.

»Nimm unseren Iskender morgen mit in die Berge. Du sollst gut auf ihn Acht geben, denn er versteht unsere Sprache noch nicht gut. Bleibe in seiner Nähe und gib ihm einen guten Hund zur Seite, dem man vertrauen kann. Am besten Gömlek, er ist der beste Hütehund, den wir haben. Pass auf, dass die anderen Kinder ihn nicht schlecht behandeln. Sie sollen ihn Iskender nennen, aber hänseln sollen sie ihn nicht. Wenn man fremd ist in einem Land, braucht man Freunde, sag ihnen das.«

»Du bürdest mir eine große Verantwortung auf, Abi«, sagte Ali sorgenvoll, »vielleicht solltest du ihn besser in die Schule schicken ...« Er überragte Rauf fast um einen Kopf. Rauf griff nach seiner Hand und so gingen sie langsam in den letzten Sonnenstrahlen auf das Gatter zu.

»In die Schule kann er immer noch gehen. Aber er ist noch nicht richtig zu Hause bei uns, verstehst du? Es ist nicht gut, wenn der Junge immer mit uns Alten allein ist. Ein Kind braucht andere Kinder – und eine Aufgabe. Sonst begreift es nicht, was es auf dieser Welt zu suchen hat. Also nimm ihn morgen mit in die Berge. Dir vertraue ich ihn an!«

Ali blieb stehen und sah vor sich auf den Boden. Langsam, wie es seine Art war, fragte er:

»Er soll ein guter Schafhirte werden, nicht wahr?«

»Das soll er«, sagte Rauf Karpat bestimmt.

»Dann soll er bei mir lernen, was ein guter Hirte wissen muss.«

Sie kehrten Hand in Hand zum Haus zurück, und Rauf forderte Ali auf, mit ihm einen Rakı zu trinken.

8

Alexander saß am Tisch und löffelte eine Bohnensuppe. Ayşe formte aus Teig Brotlaibe und schob sie in den Ofen. Es war warm im Raum. Der Duft des frischen Brotes lockte Schwärme von Fliegen an. Die klebrigen Fliegenfänger, die von der Decke baumelten, waren schon schwarz von den Insekten. Später würde man alle Türen öffnen und dann würden sie sich nach draußen und zu den Schafgattern verziehen.

Rauf Karpat kam herein und setzte sich zu Alexander an den Tisch. Während er sprach, unterbrach Ayşe ihre Arbeit nicht.

»Iskender, morgen wirst du mit Ali, den Schafen und den anderen Kindern in die Berge gehen. Du sollst lernen, was da draußen zu tun ist.«

Alexander legte den Löffel beiseite und blickte Rauf an. Es war, soweit Rauf sich erinnerte, das erste Mal, dass er seinen ganzen Blick auf ihn richtete. Es war ein Blick ohne Fröhlichkeit, aber voller Erwartung und Neugier.

»Hast du verstanden, was ich dir gesagt habe? Du sollst morgen mit in die Berge gehen, mit Ali und den anderen.«

Alexander antwortete immer noch nicht, eine Hand umklammerte seinen Löffel, die andere verbarg er unter dem Tisch.

»Morgen sehr früh werdet ihr aufbrechen.« Rauf sah zu

Ayşe, die gerade den Ofen verschloss. Er war unsicher, wie er dem Jungen klarmachen könnte, was er meinte. Unvermittelt sagte Alexander:
»Ihr müsst mich früh genug wecken.« Er lächelte, ließ seine Beine von der Bank baumeln und widmete sich wieder seiner Bohnensuppe. Er tunkte ein Stück Brot hinein und aß mit sichtlichem Appetit.

Die Angoraziegen und Schafe kannten den Weg in die Berge. Sie gingen schnell und rupften nur hier und da ein paar Kräuter am Weg, die zwischen den Steinen wuchsen. Sechs große weißgelbe Hunde liefen wachsam um die Herde herum. Eine schmale hölzerne Brücke führte über den Bach. Hier endete die Straße. Die Hunde liefen ans Wasser, um sich noch einmal hastig voll zu saufen. Auf dem Rückweg würden hier die Schafe ihren Durst löschen, jetzt eilten sie in die Berge, wo die besten Kräuter und Gräser zu finden waren.
Der Weg wurde steil. Zwischen Kiefern und Tannen wies Ali den Hunden und den Kindern den Weg, den er heute einschlagen wollte, und die Schafe folgten willig. In einer halben Stunde würden sie eine Hochebene erreichen, von der sie einen weiten Blick über ein bewaldetes Tal hatten. Dann ging es nur noch darum, die Herde von den Dornenhecken fern zu halten, wo sie ihre Wolle verloren. Und von den Schluchten. Allzu leicht konnten sie abstürzen – und dann käme jede Hilfe zu spät.
Hier war ein guter Ort, denn die Raubvögel stießen nur selten durch die dicht stehenden Bäume herab. Weiter

oben würde man eine Quelle finden, wenn man rasten wollte. Dort war es kühl.

Die Tiere verstreuten sich zwischen den Bäumen, überall rupften sie zwischen Steinen und auf kleinen Hügeln, wo sie etwas zum Fressen fanden. Geschickt kletterten sie und gingen mit den Vorderhufen die Stämme hoch, um die jungen Triebe der Laubbäume abzuweiden. Es war hier schwierig, alle im Blick zu halten, und Ali verteilte die Jungen, damit sich kein Schaf ohne Aufsicht entfernen konnte.

Ali hatte darauf geachtet, in Alexanders Nähe zu bleiben. Der Junge hatte sich hinter ihm gehalten, neben sich einen der Hunde, der nicht von seiner Seite zu weichen schien. Er hatte sichtlich Angst vor dem Tier, bis Ali ihn an der Hand nahm, ihn zu dem Hund führte und ihm sagte:

»Er wird dir nichts tun. Du kannst ihm sagen, was er machen soll. Du kannst ihn streicheln, wenn du willst. Er ist für dich da und wird auf dich aufpassen. Aber du sollst auch auf ihn aufpassen. Komm einmal her ...« Er ging mit dem Hund und dem Kind zu einer kleinen Gruppe von Schafen, die frische Blätter von einem Busch abfraßen und sich von ihnen nicht stören ließen.

»Das sind fünf Mutterschafe mit ihren acht Lämmern. Die sind nun schon fast groß, aber sie bleiben bei der Mutter, bis sie selbst eines Tages Lämmer bekommen. Auf diese dreizehn Tiere sollst du aufpassen, damit ihnen nichts passiert. Vor allem dürfen sie nicht in die Nähe der Dornenhecken, sonst verlieren sie Wolle.

Der Hund heißt Gömlek, er hilft dir dabei. Wenn du ihm sagst, er soll sie weitertreiben, dann tut er das. Du musst ihm aber auch sagen, wenn er sie in Ruhe lassen soll. Er hört nur auf dich, auf niemanden sonst, und bleibt immer in deiner Nähe.«

»Warum heißt er Gömlek?«, fragte Alexander.

»Weil er so aussieht, als trüge er ein Hemd. Sieh dir mal seinen Kragen an.«

Ali lachte, entfernte sich ein paar Schritte und ließ den ratlosen, aufgeregten Jungen zurück. Er ging auf ein Gebüsch zu, zog sein Taschenmesser hervor, schnitt einen fingerdicken Ast, entfernte die Zweige und brachte ihn Alexander.

»Hier«, sagte er, »damit die Schafe dich als ihren Hirten erkennen. Alle Hirten haben einen solchen Stecken.«

Dann entfernte er sich, um sich um den Rest der Herde zu kümmern. Alexander hielt den Stecken in der Hand, betrachtete ihn unschlüssig. Dann wies er auf die kleine Herde, die ihm anvertraut war.

»Lass sie hier weiden«, sagte er dem Hund. Der legte sich vor seine Füße, die Schnauze auf die Pfoten gebettet, und sah zu ihm auf.

Als die kleine Herde weiterzog, folgte er mit Gömlek, wies ihn an, ein Lamm, das sich entfernte, zurückzuholen, setzte sich auf einen Stein, den Stecken zwischen seinen Knien. Der Hund hatte ihm gehorcht, seine kleine Herde war eng beisammen und er würde dafür sorgen, dass es so blieb. Er betrachtete die gelblich weiße Wolle der Angoraziegen, die einer der Jungen, den alle Mehmed nannten, an ihm vorbeitrieb, und erinnerte sich, wie seidig sich das Fell anfühlte, das Rauf neben seinem Kopfkissen an die Wand genagelt hatte. Wie gut es war, dass dieser Mehmed seine Herde in seiner Nähe weiden ließ.

Vor der großen Mittagshitze rief Ali seine Helfer, man würde zur Quelle hinaufsteigen, um zu rasten. Ein leichter kühlender Wind wehte durch Tannen und Kiefern, die Schafe tranken und ruhten im Schatten aus. An der Quelle, mit einem guten Blick über die Herde, lagerte Ali mit den Jungen und den Hunden. Sie breiteten Tücher aus und legten Brote, Käse, Oliven, Tomaten, gekochte Eier und Gurken darauf. Erst als Ali sich Brot und Käse genommen hatte, griffen die anderen zu. Mehmed stieß Alexander an.
»Warum isst du nicht?«
Alexander stopfte Käse in das frische Brot und aß eine Gurke dazu. Keiner schien ihn besonders zu beachten, jeder war mit sich selbst und seinem Hunger beschäftigt. Als ein Tannenzapfen vom Himmel über ihnen mitten auf den großen weißen Käse fiel und in der weichen Masse stecken blieb, gab es ein ausgelassenes Gelächter und sogar der ernste Ali lächelte. Mehmed hielt Alexander eine Tomate hin und zeigte ihm, wie man die Frucht aufbrach und etwas Salz und Käsekrümel hineinstreute.
»Schmeckt besser so«, sagte er und angelte sich ein paar Oliven.
Als die Schafe nach und nach unruhig wurden und aufstanden, rafften die Kinder die Tücher zusammen. Von

dem mitgebrachten Essen war nichts übrig geblieben. Die Herde zog weiter. Alexander riskierte mit Gömlek und seinen dreizehn Tieren, einen kleinen Abhang hinabzusteigen, wo er dichtes frisches Gras entdeckt hatte. Die Schafe folgten ihm, als sei er schon immer ihr Hirte gewesen. Er wusste nicht, dass der große Ali ihn aus der Ferne beobachtete, in Sorge, dem Jungen könnte etwas Unerwartetes geschehen.
Sie zogen weiter durch den Schatten einer riesigen Felswand. Mehmed kam zu Alexander gelaufen, wies auf eine verdeckte Öffnung.
»Da treiben wir sie manchmal hinein und übernachten da.« Schon war er wieder zwischen den Tannen verschwunden und rief seinen Hund, um seine größere Herde zu dirigieren. An einem Strick, den er wie einen Gürtel trug, waren seine Werkzeuge sorgfältig festgemacht, eine Rassel, die bei jedem Schritt ein wenig schepperte, und eine Steinschleuder. Wie Alexander trug er einen dicken Stecken.

Inmitten einer Staubwolke kehrten sie am Abend zurück. Die Jungen hatten Mühe, mit dem schnellen Lauf der Schafe Schritt zu halten. Als Alexander in das Haus trat, waren sein Gesicht und die Arme sonnenverbrannt. Er legte den Stecken sorgsam vor sein Bett, ging zum Brunnen und wusch sich mit den anderen Jungen. Er tat, was er bei ihnen sah, legte sein Hemd ab und seifte seinen Oberkörper ein. Dann griff er eine der Blechbüchsen und schüttete sich das Wasser über Kopf und Körper. Sie bespritzten sich ausgelassen mit Wasser, bis Ali sie zur Ordnung rief.

Ayşe verrührte Olivenöl mit Zitrone und strich das gelbe Gemisch besorgt auf die verbrannten Stellen auf Alexanders Armen und in seinem Gesicht. Er ließ es unwillig geschehen, aber sie bestand darauf, den Sonnenbrand sogleich zu behandeln.

»Sei nicht dumm, Iskender. Bald wirst du das nicht mehr brauchen«, sagte sie streng, »wenn du ein paar Wochen in den Bergen warst, wird dir die Sonne nichts mehr ausmachen und man wird dich von den anderen nicht mehr unterscheiden können. Dann bist du ein richtiger Hirte geworden. Wir werden dir eine Mütze besorgen müssen ...«

Am nächsten Tag in den Bergen schenkte Mehmed seinem Freund die Steinschleuder. Alexander steckte sie so in seinen Gürtel, wie er es bei den anderen gesehen hatte.

Monate waren vergangen. Alexander hatte sich verändert. Er war braun gebrannt, seine Haare waren struppig und von der Sonne gebleicht. Seine Großeltern glaubten, die blauen Augen seien noch heller geworden. Er lief barfuß in den Bergen, auch spitze Steine schienen ihm nichts auszumachen, so gut hatten sich seine Fußsohlen daran gewöhnt. Er kannte alle Waldfrüchte, die genießbar waren, und liebte die wilden Feigen. Er erlegte mit seiner Schleuder Hasen und Vögel. Ali lobte seine Umsicht bei der Arbeit und seine Neugier, alles zu erfahren, was mit Schafen und Ziegen zu tun hatte. Vor allem die Angoraziegen mit ihrem seidigen Fell hatten es ihm angetan.

Sie waren wieder auf jener Hochebene, die sie an Alexanders erstem Tag in den Bergen aufgesucht hatten, und lagerten in der Mittagshitze an der Quelle. Weit unter ihnen im Tal bewegte ein leichter Wind die Blätter der Bäume und brachte ihnen an diesem heißen Tag auch hier oben Kühlung. Die Jungen hatten im Schatten ihre Mützen abgelegt und aßen. Die Schafe lagerten am Bach oder rupften am Gebüsch herum.

Plötzlich fuhren alle erschrocken hoch. Es war, als ginge ein lautloser Sturm durch den Wald, doch die Luft bewegte sich kaum. Zuerst vibrierte leicht der Boden, aber entfernt kam immer lauter werdend ein stampfendes Geräusch schnell und bedrohlich näher durch die undurchdringlichen Büsche, kaum fünfzig Meter von ihnen entfernt. Dann krachte es in den Ästen, sie hörten ein wildes Grunzen und Ächzen.

Ali war aufgesprungen und griff nach seinem Gewehr. Als er schließlich sah, was da wie eine gewalttätige Lawine auf sie zukam, nahm er das Gewehr am Lauf, um den Schaft zur Verteidigung benutzen zu können. Er schrie den Jungen zu, sich hinter die Bäume zu stellen, aber für einige von ihnen war es zu spät.

Fünf ausgewachsene Wildschweine rasten, gehetzt von etwas, das die Kinder und Ali nicht sahen, direkt auf sie zu. Ihnen hing der Geifer vom Maul, einige hatten gewaltige Hauer, die gefährlich aus ihren wulstigen Lippen ragten. In panischer Flucht galoppierten sie auf sie zu, schienen Menschen und Tiere vor sich nicht zu sehen oder in ihrer Panik nicht wahrzunehmen. In ihrem wil-

den Lauf walzten sie alles nieder, was sich ihnen in den Weg stellte.
Die Hunde hatten ängstlich aufgeheult und die Schwänze eingezogen, aber sie warfen sich den Ungetümen todesmutig entgegen. Ali stand nahe am Rande der Schlucht, schlug mit dem Gewehr um sich und versuchte mit Schreien die aufgeschreckten Schafe und Ziegen vom Abgrund fern zu halten und sie zum Fluss zu jagen. Alexander war von fliehenden Schafen auf den Boden geworfen worden. Er sah die vorbeirasenden Tiere, spürte schmerzhaft die Hufe von Schafen, die ihn überrannten, sah wie undeutliche Schatten die hetzenden Körper der Hunde und hörte ihr Jaulen. Er sah wenige Meter vor sich, wie Gömlek versuchte sich in den Hals eines Keilers zu verbeißen, ein Geruch wie von fauligem Liebstöckel schlug ihm ins Gesicht. Er schrie, um Gömlek zurückzurufen. Der Hund schien ihn in allem Tumult gehört zu haben und fiel ein wenig zurück. Alexander sah, wie der Keiler in genau diesem Augenblick mit seinen gelben Hauern, ohne in seiner Raserei einzuhalten, den mächtigen Kopf zur Seite warf, um nach dem Hund zu stoßen. Er sah die blutunterlaufenen kleinen Augen des Keilers und dass der Stoß nur um wenige Zentimeter den Bauch des Hundes verfehlte. Ohne an Gefahren zu denken, sprang Alexander auf, schrie nach Gömlek und rannte, so schnell er konnte, hinter seinen Schafen her, die am Bach den Berg hinuntergestürmt waren. Der aufgeregte Gömlek zögerte, folgte ihm dann aber mit wildem Bellen.

Der Überfall war in weniger als einer halben Minute vorüber und der Lärm der fliehenden Wildschweine verlor sich in der Tiefe des Waldes.
Als Alexander seine dreizehn Schafe zu den anderen zurücktrieb, sah er erst das Ausmaß der Verwüstung. Die Wildschweine waren über die ausgebreiteten Tücher gerast, die Speisen waren von den fliehenden Schafen zertrampelt. Einer der Hunde lag neben der Quelle und jaulte kläglich. Ali hatte sich zu ihm herabgebeugt, und Alexander sah, wie der Mann seine Flinte anlegte und dem schwer verletzten Hund in die Brust schoss. Der Hundekörper zuckte noch einmal und lag dann still. Ein Keiler hatte ihm den Bauch auf einer Länge von zwanzig Zentimetern aufgeschlitzt. Nicht weit davon lag der leblose Körper eines Schafes.
Die Jungen standen schweigend und bedrückt da. Alexander sah, dass von Mehmeds Knien Blut herablief. Auch die anderen Jungen sahen aus wie nach einem schweren Kampf, an Armen und Knien zerkratzt, schmutzig und mit zerrissenen Kleidern. Die Haare standen ihnen nass von Schweiß struppig am Kopf, auf ihren Gesichtern lag noch der Schrecken des unbegreiflichen Ereignisses.
Ali befahl den Jungen, Schafe und Ziegen zu sammeln und den Bach hinab zur Ebene zu treiben und dort auf ihn zu warten. Aber die Jungen blieben in einiger Entfernung stehen und sahen, wie der große Mann sich auf den Bauch legte und die Schlucht hinabsah. Den Zorn in seinem Gesicht sahen sie erst, als er sich aufrichtete und er ihnen sagte, sechs Schafe seien hinuntergestürzt und wahr-

scheinlich nicht mehr zu retten. Die Jungen sollten die Herde bewachen, er würde hinabsteigen, um nach ihnen zu sehen.

Später hörten sie weit entfernt zwei Schüsse, die in der Schlucht lange nachhallten. Eine Stunde später kam Ali zurück, trat gebeugt mit schwerer Last auf den Schultern unter den Tannen hervor. Er warf die blutigen Felle der Schafe über den Ast eines Baumes und ließ sich die Verletzungen zeigen. Er saß auf einem Stein und nahm sich Zeit für jedes der Kinder. Alexanders linkes Bein und ein Arm waren von seinem Sturz voller blutiger Schrammen, aber er spürte keinen Schmerz.

»Du hast gut auf Gömlek aufgepasst«, sagte Ali langsam und tupfte mit einem Tuch Blut und Schmutz von Alexanders Knie, »es hätte ihn beinahe erwischt und dann hätten wir auch ihn verloren.«

Es seien keine ernsthaften Verletzungen, sagte Ali, Ayşe würde die Schrammen und Risse behandeln, wenn sie zu Hause wären. Dann befahl er aufzubrechen, obwohl es noch nicht Abend war.

An diesem Tag gingen die jungen Hirten erst spät zu ihren Familien zurück. Sie feierten mit den Alten, dass Allah sie trotz aller Gefahren vor größeren Verlusten bewahrt hatte. So hatte es Rauf Karpat ihnen gesagt, und Ayşe hatte ihnen große Mengen Bohnensuppe mit Sahne vorgesetzt. Sie sprachen von nichts anderem als von diesem Überfall, wie man ihn in den Bergen noch nie erlebt hatte. Und davon, wie es jedem von ihnen gelungen war, mit ein paar Schrammen davonzukommen. Sie stritten darüber, ob es drei Keiler und zwei Sauen gewesen waren oder vier Keiler. Später aßen sie alle Vorräte an Süßigkeiten auf, die Ayşe im Hause hatte.

Ein weiterer Monat verging. Asaf schrieb aus Deutschland, fragte nach seinem Sohn. Jede Woche musste Rauf Karpat zum Schreiber vor der Post gehen, sich Briefe vorlesen lassen und Briefe nach Deutschland diktieren.

»Ja, deinem Sohn geht es gut. Alle nennen ihn Iskender. Was soll ich dir sagen, er ist ein brauchbarer Hirte geworden. Was er anpackt, das macht er sorgfältig und gut! Er spricht unsere Sprache wie wir sie sprechen und macht nur noch wenige Fehler. Mehmed, du erinnerst dich an ihn, dieser Mehmed, dessen Eltern aus Alanya gekommen sind, dieser Junge ist Iskenders Freund geworden. Er hat ihm seine Steinschleuder geschenkt, damit begann ihre Freundschaft. Auch die anderen sind seine Freunde und behandeln ihn wie einen von ihnen. Also gibt es auch Streit, wie Kinder sich so streiten. Ali sagte, Iskender sei ein guter Hirte. Wenn Ali das sagt, dann weißt du, was es bedeutet, dass es nämlich die reine Wahrheit ist und er keines seiner Schafe aus den Augen lässt. Auch nicht, als das mit den Wildschweinen passiert ist und wir sechs Schafe verloren haben. Davon erzähle ich dir später, wenn du wieder in Yeniköy bist, weil sonst dieser gierige Schreiber zu viel Geld von mir haben will, weil der Brief so lang wird.

Allah weiß, dass wir alle gut auf deinen Augapfel aufpassen, sonst könnte ich Ayşe nicht mehr unter die Augen treten, einen Tritt würde sie mir geben! Sie liebt ihn nicht weniger, als ich ihn liebe. Genauso ist es. Die Schwierigkeiten, die wir in den ersten Wochen mit ihm hatten, sind schon vergessen. Alles das hat uns näher zusammengebracht. Allah hat es wie immer gut eingerichtet und weiß, wozu Schwierigkeiten nützlich sind, auch wenn wir es nicht immer sofort verstehen. Wir sind nur sein bescheidenes Werkzeug und er hat bestimmt, dass Iskender bei uns glücklich werden soll. Das ist mal sicher, mein Sohn! Was war er doch für ein einsamer Junge, und wenn du ihn heute siehst, dann erkennst du ihn nicht wieder, wie er mit den Schafen und den Ziegen umgeht, wie er gewachsen ist, wie die Sonne ihn braun gebrannt hat, wie er uns die Töpfe leer isst, wenn er hungrig zurückkehrt mit den anderen. Wir stehen abends vor der Tür unseres Hauses und sehen sie schon, wenn sie den Wald an den Bergen verlassen und auf die kleine Brücke zutreiben, ganz klein in der Ferne. Wie schnell die Herde größer wird und wir sie besser erkennen, auch wenn sie gewaltig Staub aufwirbelt. Zuerst können wir den großen Ali ausmachen, dann den langen Mustafa und dann Iskender und Mehmed, denen der Hund Gömlek voranläuft, als wolle er sie ankündigen. Dann wissen wir, dass Allah wieder einen glücklichen Tag für uns alle geschaffen hat, denn sie kehren gesund zurück. Ayşe sagte, wir müssten ihn nun in die Schule schicken, aber ich denke, wir warten, bis du wieder bei uns bist. Dann können wir das entscheiden. Ayşe sagte mir auch, ich solle ihn mit in die Moschee nehmen, zum Freitagsgebet. Der Junge sagte, er sei noch nie in einer Moschee gewesen. Was hat das zu bedeuten? Ist er vielleicht kein Muslim? Ich habe mir gedacht: Rauf Karpat, warte, bis Asaf wieder hier ist. Also haben wir mit ihm bei uns gefeiert und ich habe die *baglama* dazu gespielt. So wie wir als treue Alewiten an Allah glauben und ihn ehren, ist er überall bei uns.

Nun ist Iskender schon fast ein Jahr hier in Yeniköy. Was ist in dieser Zeit nicht alles geschehen? Unser Leben ist reicher geworden, das ist sicher. Kein Brief würde lang genug sein, dir das alles aufschreiben zu lassen. Wir denken oft an den Tag, als er zum ersten Mal mit dir in unser Haus gekommen ist. Nun gehört er für immer zu uns. Wir warten auf deine Rückkehr!«

Wenige Tage nach diesem Brief an seinen Sohn Asaf in Deutschland erreichte Rauf Karpat ein amtliches Schreiben aus Ankara. Es war ein Einschreibebrief und trug Siegel und Absender der deutschen Botschaft. Karpat musste ihn am Postamt abholen, der Beamte bezeugte durch Unterschrift, ihm die Sendung persönlich ausgehändigt zu haben. Rauf ließ sich den Inhalt am Postamt vom Schreiber vorlesen.

Der Nachricht der Botschaft war die Kopie eines Briefes der türkischen Behörden beigefügt, der bestätigte, der Fall des deutschen Staatsangehörigen Alexander Lehmann,

geboren am 6. März 1961 in Duisburg, sei auf dem Wege der Amtshilfe zur Regelung der erforderlichen Schritte der deutschen Botschaft übertragen worden.
Das Schreiben der deutschen Behörde war kurz:
Nach Aktenlage werde davon ausgegangen, der deutsche minderjährige Staatsangehörige Alexander Lehmann, geboren am 6. März 1961 in Duisburg, befinde sich ohne Zustimmung der vormundschaftlichen Behörde, des Arbeits- und Sozialministeriums des Landes Nordrhein-Westfalen, im Ort Yeniköy im Hause des Rauf Karpat und seiner Ehefrau Ayşe Karpat, geborene Çoban. Das Kind sei unverzüglich nach Deutschland zurückzuführen. Im Laufe einer Woche werde eine bevollmächtigte Mitarbeiterin der deutschen Botschaft bei Herrn und Frau Karpat in obiger Sache vorsprechen. Hochachtungsvoll.

Teil 2

Leyla und Paul

9

Die Maschine der Türk Hava Yoları glitt durch den wolkenlosen anatolischen Himmel. In einer Stunde würde man in Ankara landen.
Die Stimme der Stewardess, die sich zu ihm herabbeugte, riss Paul Langenberg aus seinen Gedanken. Er blickte in ein lächelndes Gesicht, bestellte auf Englisch Kaffee und überließ sich weiter seinen Erinnerungen.
Seit seiner ersten Begegnung mit Fahriunusa waren noch keine drei Monate vergangen. Er sah die alte vornehme Dame wieder vor sich in jenem Kurcafé von Bad Homburg.
Er hatte für zwei Ferienmonate einen Job als Aushilfspianist annehmen müssen, denn seine Finanzen waren komplett zerrüttet. Irgendeine Katharina, die Violine spielte, hatte sich auf seine Anzeige gemeldet. Es war das einzige Angebot gewesen. Er war von Hamburg mit dem Zug nach Bad Homburg gefahren und hatte mit den beiden Partnerinnen des Trios in einem Hotel gewohnt, das die Kurverwaltung für sie bezahlte. Mit den beiden, Katharina und Ruth, die Violoncello spielte, war er gut ausgekommen.
Er hatte sich damals eigentlich vorgenommen, sich endlich richtig zu verlieben. Seine Beziehung zu einer Kommilitonin steckte in einer Sackgasse.
Er wischte diese Erinnerung beiseite. Katharinas und Ruths Zuneigung hatten seinem Lebensgefühl und Selbstbe-

wusstsein in jenen Tagen gut getan und ihm geholfen, seine Beziehungsprobleme zu verdrängen.
In Bad Homburg war es zu der Begegnung mit Fahriunusa gekommen. An einem Abend im Kurcafé, draußen regnete es in Strömen, hatte ihn eine ältere Dame beim Vorbeigehen am Ärmel berührt und ihn gebeten, etwas aus Schumanns *Carnaval* zu spielen. Sie war unauffällig elegant gekleidet gewesen und hatte ihn aus dunklen braunen Augen angesehen.
Nichts an ihr erinnerte an die anderen, meist etwas aufgedonnerten älteren Damen, die sonst die Kurkonzerte besuchten.
Er hatte keine Noten dabei, kannte aber einige Sätze aus *Carnaval* aus seinem Studium leidlich auswendig und trug sie vor.
Die fremde Dame hatte dem Trio ein gutes Trinkgeld gegeben und Paul in der Pause eingeladen, für einen Augenblick an ihrem Tisch Platz zu nehmen.
»Sie spielen bemerkenswert«, hatte sie gesagt und sich eine Zigarette angesteckt, »darum wollte ich Schumann von Ihnen hören.«
Sie hatte ihn nach seinem Studium gefragt, ja, auch sie kenne Hamburg aus alten unglücklichen Zeiten, aber das gehöre nicht hierher.
Am nächsten Tag trafen sie sich zufällig im Kurpark und kamen schnell ins Gespräch.
Sie hatte ihn gefragt, ob er sie zu einer Paul-Klee-Ausstellung in Frankfurt begleiten würde. Sie sei alleine hier, kenne Frankfurt nicht und fühle sich ein bisschen un-

sicher. Er hatte zugestimmt, denn er fühlte sich wohl in ihrer Nähe und genoss ihr Interesse an seiner Musik. Für ihn war es ein ungewöhnlicher Ausflug gewesen, ganz anders, als er es mit einer älteren Dame erwartet hatte. Sie hatte ihm humorvoll und selbstironisch aus ihrem Leben erzählt, von den aufregenden zwanziger Jahren in Deutschland, wo sie als Frau eines türkischen Diplomaten in Berlin gelebt hatte, von ihrer Freundschaft mit Schriftstellern und Malern in Berlin, von den unglaublichen Reisen als junges Mädchen während des Ersten Weltkrieges durch den Balkan, von ihrer Heimat, der Türkei, ihrer Tochter Fahriye und ihrer Enkelin Leyla.

Er winkte der Stewardess und bestellte noch einen Kaffee. Er saß in der letzten Reihe der Maschine und fand das völlig angemessen für jemanden, der zum ersten Mal fliegt.

Sie hatte ihn nach seinen Plänen gefragt. Sicher lag es an ihr, dass er so offen wie nie zuvor von sich erzählte. Immer wenn sie zusammen waren, fühlte er sich gut, ernst genommen, sogar ein bisschen wichtig. Sie trafen sich beinahe täglich und die Gespräche bei ihren Spaziergängen durch den Kurpark, durch die Wälder des Taunus rissen nie ab.

Als sie abreisen musste, hatte sie ihn eingeladen, sie in Ankara zu besuchen. Eine solche Reise war ihm angesichts seiner Geldknappheit unmöglich erschienen. Aber bei der Rückkehr aus Bad Homburg in sein schäbiges Zimmer in Hamburg hatte er unerwartet die Zusage für ein Stipendium vorgefunden. Er hatte sich, den Brief in

der Hand, weit aus seinem Zimmerfenster gelehnt und auf die Signale der Schiffe aus dem Hafen gelauscht. Das Glück hatte ihn persönlich angesprochen, er konnte es ja auf dem Briefkopf lesen: Paul Langenberg.
Er entschied sich, alle Bedenken zu vergessen und Fahriunusas Einladung anzunehmen. Das gerade verdiente Geld würde ausreichen, etwas würde sogar übrig bleiben. Den Gedanken an eine größere Wohnung, wo er endlich das alte Klavier seiner Mutter aufstellen könnte, um nicht länger abends und nachts in den Kellergewölben der Musikhochschule üben zu müssen, schob er beiseite.

Als er sie in Frankfurt zum Flughafen begleitet hatte und sie abgereist war, hatte er den Eindruck, mehr von ihr zu wissen als von sich selbst. Sie hatte ihm sein Schicksal aus dem Kaffeesatz gelesen und an einem Abend in der Spielbank Roulette und Bakkarat beigebracht. Mit ihrer abenteuerlichen Lebensgeschichte hatte sie etwas in ihm entzündet; aber er hätte nicht sagen können, was es war. Da tat sich eine Welt voll Mut, Leidenschaft und Weite auf, die er bisher nicht kannte.
Er liebte und verehrte diese türkische Frau auf eine besondere Weise. Und sie mochte ihn offensichtlich ebenso. Für ihn verkörperte sie jene Welt, von der er bisher heimlich geträumt hatte. Je tiefer er in ihre Lebensgeschichte eingetaucht war, umso stärker erwachte etwas in ihm, eine Ahnung von den Möglichkeiten des eigenen Lebens, das endlich beginnen sollte.

Er war, das ahnte er mehr, als dass er es sich eingestand, ein ängstlicher Mensch, wie ein Vogel auf dem Boden, der seinen Flügeln nicht traut. Seine Entscheidung für die Musik war sein einziges Aufbäumen gegen diesen Sog gewesen, am Boden zu bleiben und alle Träume zu vergessen. Mit dieser Frau war etwas Neues in sein Leben gekommen, ohne dass er genauer hätte sagen können, wie es geschehen war.

Er zündete sich eine Zigarette an und blickte aus dem Fenster auf die braunen Hügel und dunklen Pappeln, die die kleinen Dörfer zu beschützen schienen. Unten am Fluss versammelten sich Schaf- und Kuhherden zur Tränke, und er konnte mit bloßem Auge die Hirten ausmachen.

Seine Mutter hatte er am Vorabend der Abreise noch einmal besucht, mit ihr im Park des Hospitals, wo sie ein immer wiederkehrendes Leiden auskurieren sollte, bei den spätsommerlichen Astern gesessen und ihre Hand gehalten. Sie hatte nicht versucht ihm die plötzliche Reise auszureden, aber in ihrem Blick war wieder jener Ausdruck von Missbilligung, den er kannte und dem er wie seit seiner Kindheit nur mühsam den Gehorsam verweigern konnte. Er wusste wohl, dass sie ihm alles gönnte, aber die Träume, denen er nachhing, passten längst nicht mehr in das enge Korsett ihrer verschlossenen Bürgerlichkeit. So war eine Stunde mit oberflächlichen Gesprächen und viel Schweigen vergangen, bis die Krankenschwester ihn ermahnte, nun sei es genug.

Es gab da viele Fragen, die nur sie beantworten könnte. Fragen nach ihrem früheren Leben, ihrer Ehe, seinem verunglückten Vater, von dem er ein einziges Foto besaß, das ihn in einer Wehrmachtsuniform zeigte. »Wir hatten eine gute Ehe«, hatte sie ihn einmal ein wenig schroff abgefertigt, »er war ein guter Mann und hat für uns gesorgt!«
Mehr erfuhr Paul nicht von ihr. Er wusste selbst nicht recht, was er suchte, und fühlte sich hilflos bei diesem Forschen nach etwas Unbestimmtem. Und es erwachte in manchen Augenblicken eine leise Sehnsucht nach dem Mann, der sein Vater war.
Es war sinnlos, sich in seine Züge zu vertiefen! Was hätte er dort erkennen können, was ihm half, sich selbst und dieses hagere Gesicht zu verstehen? Was hatte er mit ihm, den er nur aus verschwommenen Kindheitserinnerungen kannte, zu tun? Wer musste man sein, dass ein Eisenbahnunglück einen hinwegraffte? War das ein Verlassen der Familie wie anderes Verlassen auch? Was hatten Musikleidenschaft und das beharrliche Schweigen seiner Mutter damit zu schaffen und mit seiner eigenen Leidenschaft für die Musik? Solche Fragen verwirrten ihn, weil er sich unfähig fühlte, aus dem eigenen Innern eine Antwort zu erspüren.
Er drängte diese Gedanken zurück. Sogleich meldete sich die Erregung, die das Neue auslöste, das greifbar vor ihm lag; die Freude, Fahriunusa wieder zu sehen, der Stolz auf ihre Zuneigung, ein neues fremdes Land! Er gab sich ganz seinen Gefühlen hin, summte ein paar Takte aus Schumanns *Rheinischer Symphonie* und ließ sich von der Kraft dieser Melodien forttragen.

Die Hauptstadt kam in Sicht, ein Häusermeer inmitten der braunen hügeligen Savanne. Die Maschine setzte zur Landung an. Er schloss seinen Sicherheitsgurt.
Paul hatte seiner neuen türkischen Freundin sogleich geschrieben. Er würde gern nach Ankara kommen und vielleicht in einem billigen Hotel unterkommen. Sie könnten sich sehen, wenn sie Zeit für ihn hätte. Fahriunusa schrieb ihm:

> Ich will Sie hier in meinem Haus haben, Paul! Ich freue mich, wenn Sie, mein neuer Freund, in die Türkei kommen. Wir haben Platz genug und Sie sollen mir auf meinem Klavier etwas vorspielen. Das ist meine Bedingung. Kommen Sie bald!
> Ihre Fahriunusa

Es war seine erste Reise in ein fremdes Land. Paul war aufgeregt und wusste doch nicht, welche Hoffnungen er eigentlich an diesen Aufenthalt knüpfte.
Die Maschine setzte sanft auf, die Fluggäste klatschten Beifall.
Paul holte seinen Koffer vom Band und ging durch die Passkontrolle. Vorsichtig bahnte er sich einen Weg durch die Berge von Kartons, Koffern und herumlaufenden Menschen, die in der fremden Sprache herumschrien und aufgeregt nach ihren Gepäckstücken oder Angehörigen suchten.
Vor der Absperrung wartete eine fast unübersehbare drängelnde Menge. Es herrschte ein Lärm, der ihm wie

eine gewaltige euphorische Symphonie vorkam. Durch Eingangstür und Fenster fiel strahlende Helligkeit in das staubige Halbdunkel des Menschengewühls. Endlich in einem wirklich fremden Land! Sein Gesicht, seine Augen lächelten trotz seiner Unsicherheit, als er nach seiner alten Freundin hinter der Absperrung suchte. Würde sie hier sein? Sie hatte telegrafiert, er würde abgeholt werden.

Er konnte sich die zarte Fahriunusa nicht in diesem Menschengewühle vorstellen. Er schob sich Schritt für Schritt durch den schmalen Gang, den Reisende, Neugierige oder Taschendiebe den Ankommenden ließen. Immer wieder war er eingekeilt, wenn Männer und Frauen ihre Abholer entdeckten, die Koffer abstellten und einfach stehen blieben. Der fremde Geruch, der zu diesem Ort gehörte, überfiel ihn süß und betäubend, als wäre er in einem Gewürzlager. Der Lärm wurde stärker, je näher er dem Ausgang kam, und in das verwirrende Konzert mischten sich jetzt das Hupen von Hunderten Autos und das Startgebrüll einer abhebenden Maschine.

Er trat in die Sonne und setzte seinen Koffer ab. Ein Dutzend Taxifahrer boten ihre Dienste an und versuchten seinen Koffer schon einmal mitzunehmen.

Plötzlich stand sie vor ihm, klein und zerbrechlich, wie er sie aus Bad Homburg kannte. Sie zog seinen blonden Kopf an sich und küsste ihn.

»Mein lieber Paul, Sie haben mir gefehlt. Wie gut, dass Sie endlich da sind. Natürlich wollten Leyla und meine Fahriye Sie abholen, aber das habe ich anders entschie-

den. Sollen sie sich doch um das Essen kümmern, die jungen Dinger. Ich will erst einmal allein mit Ihnen sein. Werfen Sie Ihre Sachen in den Kofferraum.«
Ein Taxi stand bereit. Der Fahrer, ein Mann mit dunklen bäuerlichen Gesichtszügen und einer Schirmmütze, machte eine ehrerbietige Verbeugung vor Paul und ließ nicht zu, dass er beim Gepäck Hand anlegte. Fahriunusa zog ihn auf die Rückbank und gab dem Fahrer Anweisungen. Sie hielt seine Hand, während der betagte Wagen auf wunderbare Weise, klappernd und elegant über den völlig verstopften Parkplatz fuhr.
»Die Mädchen haben ein paar Leute eingeladen, ich konnte ihnen das nicht verbieten, auch wenn es mir nicht passt, denn Gesellschaften langweilen mich so leicht. Aber es ist so üblich bei uns, wenn wichtige Gäste kommen. Selbst in meinem Alter muss ich ein bisschen Rücksicht auf die Tradition nehmen. Wir trinken erst einmal ein Glas, wenn Sie einverstanden sind. Alles andere kann warten.«
Sie rief dem Fahrer etwas zu und der nickte. Sie fuhren über eine breite Ausfallstraße in die Innenstadt, der Verkehr kam Paul atemberaubend chaotisch vor. Er war froh, hier nicht selber fahren zu müssen.
Der Wagen hielt unter ausladenden Kastanien. Der Fahrer lehnte ab, mit ihnen in die Bar zu kommen, er würde auf Wagen und Gepäck aufpassen.
»Ein guter Junge vom Lande«, Fahriunusa lächelte, »die meisten sind gute Kerle und wollen natürlich irgendwann nach Deutschland. Kommen Sie!« Der Türsteher in Uni-

form ließ sie mit einer tiefen Verbeugung vor Fahriunusa ein.
»Setzen wir uns in diese Ecke.«
Zu dieser frühen Stunde waren noch kaum Gäste im Garten der Bar. Die Sonne spiegelte sich auf einem Teich und spielte mit den treibenden Blättern auf dem Wasser. Am Ufer gründelten Enten im Schlamm. Blaugraue Turteltauben vergnügten sich auf dem Rasen. Fahriunusa bestellte Rakı mit Soda und holte ihre Zigaretten aus der Handtasche.
»Nun erzählen Sie mal. Wie war der Flug? Allah, das Stipendium, wie haben Sie das gemacht, mein Pascha!? Wie geht es Ihren Herzensangelegenheiten. Das ist es natürlich, was mich am meisten interessiert. Ich weiß nur, dass sie irgendwie Schluss machen wollte, das dumme Ding.«
Paul war noch verwirrt von den ersten Eindrücken der fremden Stadt, der Aufregung des Wiedersehens mit Fahriunusa, so dass es ihn Anstrengung kostete zu antworten. Er bat sie um eine ihrer Zigaretten.
»Unbegreiflich, hier mit Ihnen zu sitzen ...! Das mit dem Stipendium kam völlig unerwartet. Ich hätte nie gedacht, dass sie ausgerechnet mich auswählen würden, und es gilt für zwei Jahre! Stellen Sie sich vor, zwei Jahre keine Geldsorgen!«
»Sie haben es sicher verdient.«
»Wenn fünfhundert Anträge gestellt werden und zwanzig Stipendien zu vergeben sind, ist es mehr Glücksache«, sagte Paul bescheiden.
»Und Ihr Glück in der Liebe?« Sie lächelte ihn an.

»Ach, Fahriunusa! Es ist so gekommen, wie ich es damals schon geahnt habe. Mit meiner Freundin ist Schluss.«
Er setzte noch einmal an:
»Ich werde lange brauchen, herauszufinden, wo eigentlich das Ende begonnen hat. Sie wollte schließlich nicht mehr, fand mich wohl langweilig. Und alles, was sie wollte, interessierte mich wenig.«
»Es gibt sehr vernünftige Leute, die spüren bei so was Erleichterung! Das hört sich wie das ganz normale Ende einer Liebelei an. Aber Sie erzählen es, als sei es der Weltuntergang.«
»Ich habe sie ja mal sehr gemocht ...«
»Sie zerbrechen sich den Kopf über Probleme, die es nicht wert sind, darüber schwermütig zu werden! Ein so junger Kerl sollte so nicht reden. Sie haben das Leben noch vor sich! Eine Trennung in Ihrem Alter ist doch keine Affäre! Ihr habt einfach nicht zusammengepasst.«
Sie hielt das Glas Rakı in der einen, eine Zigarette in der anderen Hand.
»Dass Sie ein ernster Junge sind, weiß ich schon und das werfe ich Ihnen nicht vor. Aber dass Sie sich verpflichtet fühlen, die Dinge immer so vergrübelt zu sehen, ist eine Dummheit und ärgerlich dazu. Damit sollten Sie Schluss machen. Vielleicht lernen Sie bei uns das Jungsein und das Leben zu genießen. Dazu ist es doch da, Paul.«
»Vielleicht bin ich nicht gerade ein Experte für Lebensfreude.« Er verzog das Gesicht zu einer Grimasse. »Und wie ändert man sich auf türkische Art?«
Sie nahm seine Hand und hielt sie fest.

»Hören Sie mal, mein Junge. Ich mag Sie ja nicht nur, weil so ein so toller Pianist sind und sicher ein ganz großer werden, und auch nicht, weil Sie so hübsche blaue Augen haben. Was ich an Ihrem Spiel mag, das sind Sie. Was ich an Ihren Augen mag, das sind Sie. Wie Sie mir aber das Ende Ihrer Liebschaft eben erklärt haben und was Sie alles noch unternehmen wollen, es zu verstehen, ist doch ein ziemlich großer Unsinn. Hören Sie auf damit! Wenn ich mich nicht sehr täusche, ist es nicht wirklich Ihre Art.«

Paul war errötet und blickte auf die Spatzen, die die Krümel unter den Tischen aufpickten.

»Vermutlich bin ich so erzogen worden, immer vernünftig zu sein ...«, murmelte er und kippte sein Glas hinunter.

»O nein, mein Lieber! Sie müssen nur lernen, dass die Welt und das Leben auch andere Seiten haben als die, die Sie in Ihrem traurigen Hamburg, mit Ihrer schweigenden Mutter, dem verunglückten Vater erlebt haben.«

Sie kramte nach ihrem Feuerzeug und als sie es endlich in den Tiefen ihrer Tasche gefunden hatte, zündete sie sich eine neue Zigarette an

»Sie haben mir von dem Foto Ihres Vaters erzählt, erinnern Sie sich? Sie wollen es enträtseln. Das verstehe ich. Ich sitze auch oft vor den Fotos meiner Mutter Vedia und meines Vaters Asaf. Und die Zwiesprache mit ihnen ist gut, um den Mut zu finden, weiterzuleben! Aber Antworten liegen nicht in einem Foto, nicht bei einer für immer verstummten Mutter; sie liegen längst in Ihnen. Da ist verborgen, was Sie noch nicht ans Tageslicht lassen. Ich weiß das, weil ich Sie lieb habe. – Und dabei haben Sie einen so schönen Humor und alle möglichen tollen Anlagen!«

Sie warf die Zigarettenkippe auf den Boden und trank das Glas leer.

»Aber das reicht nun wirklich. Immer rede ich ich wie ein Buch in Ihrer Gegenwart. Trinken wir den Rest, dann fahren wir zu meinen beiden Mädchen und unserem Pflichtessen. Leyla wird mich beschimpfen, weil ich Sie so lange für mich alleine haben wollte. Aber diese Gardinenpredigt musste ich Ihnen halten.«

Auf dem Weg zum Taxi legte er den Arm um ihre Schultern und zog sie an sich. Seine Augen hatten allen Trübsinn verloren und er lachte ausgelassen.

»Sie sind der erste Mensch, der so mit mir redet. Wissen Sie das?«

»Machen Sie eine alte Frau nicht verlegen!«, wehrte sie ab, »üben Sie lieber fleißig in nächster Zeit.«

»Wie meinen Sie das?«, fragte er verständnislos.

»Ich habe, ohne Sie zu fragen, veranlasst, dass Sie in der deutschen Botschaft ein Konzert geben. Sie ganz allein.«

Er blieb, wie vom Schlag getroffen, stehen.

»Was sagen Sie da? Ein Solokonzert? Das geht auf keinen Fall! Ich habe noch nie im Leben ein Solokonzert gegeben. Ich würde Sie und mich bis auf die Knochen blamieren!«

Sie löste sich aus seinem Arm und tippte ihm mit dem Finger auf die Brust.

»Das werden Sie nicht! Ich weiß, was Sie können. Nun tun Sie mir einen Gefallen und hören mit Ihren Bedenken

auf! Es ist eine Chance für Sie. Und außerdem tun Sie es für mich: Ich möchte richtig stolz auf Sie sein!«
»Ich habe keine Noten dabei!«
»Alles, was Sie brauchen, besorgt mir mein Freund Mithat Fenmen, er leitet unsere Musikhochschule. Zufrieden?«
Paul schwieg. Er wollte nicht weiter protestieren, weil er fürchtete, Fahriunusa könnte es für Ziererei halten. Und außerdem war er trotz des Schocks überwältigt von ihrem Vertrauen.
Der Taxifahrer hielt ihnen die Tür zu den Rücksitzen auf.

10

Auf dem Weg zum Yeşilyourt-Sokak fuhren sie den Atatürk-Bulvarı hoch. Sie zeigte ihm die weißen Gebäude der deutschen Botschaft.

»In diesen vornehmen Palästen arbeitet unsere Leyla.«

»Spricht sie Deutsch?«

»Aber natürlich! So eine Art Familientradition. Mein Vater hat seinen Doktortitel in Leipzig gemacht und war so begeistert, dass er mich als junges Mädchen in ein Internat nach Deutschland geschickt hat. Das war mitten im Ersten Weltkrieg. Ich habe das später mit Fahriye genauso gemacht. Wir sind alle in deutschen Internaten erzogen worden.«

Der Wagen bog in einen kiesbestreuten Weg ein und hielt vor einem zweistöckigen Gebäude. Der Fahrer trug Pauls Koffer die Stufen hoch. Er nahm seine Mütze ab und verabschiedete sich. Fahriunusa gab ihm am Wagen seinen Lohn, während Paul neben seinem Koffer auf sie wartete und die farbige Pracht der Blumen im Vorgarten betrachtete. Hinter ihm öffnete sich die Tür.

Das Mädchen mochte zwanzig sein oder etwas älter. Sie war dunkelblond. Die Haare fielen ihr in dicken Lockensträngen bis auf die Schulter. Sie war nicht eigentlich schön, aber ihr Gesicht war ausdrucksstark und hatte einen besonderen Reiz, von dem Paul nicht hätte sagen können, woher dieser rührte. Sie war fast so groß wie er.

Sie machte keine Anstalten, ihn zu begrüßen, sondern stieß verächtlich mit ihrem Turnschuh gegen seinen verschlissenen Koffer.
»Fahriunusa hat mir gesagt, es käme ein berühmter, gut aussehender Pianist. Nun sehe ich nur dich und diesen schäbigen Koffer da ...«
»Nicht jedes Los kann gewinnen, mach dir nichts draus.«
Paul gelang es nur mühsam, sich auf ihren provozierenden Ton einzustellen. Er lächelte sie an, aber sie verzog keine Miene. Nur ihre Augen hatten sich verändert und glitzerten ein bisschen.
Fahriunusa kam die Treppe hoch und nahm Leylas Hand.
»Was hast du ihm gerade für eine Frechheit gesagt?«
»Lassen Sie nur«, sagte Paul und nahm den Koffer, »jeder muss mit seinen Enttäuschungen fertig werden. Sie wird sicher trotzdem so nett sein und mich mit meinem schäbigen Koffer vorbeilassen.«
»Leyla hat so ihre eigene Art, mit Menschen umzugehen«, sagte Fahriunusa, »wenn sie es mit Ihnen zu bunt treibt, dann sagen Sie es mir!«
Sie gingen ins Haus und Paul stellte seinen Koffer ab. Leylas Mutter Fahriye kam die Treppe herab, um ihn zu begrüßen. Sie sah ihrer Tochter ähnlich, hatte das gleiche strenge Gesicht. Der etwas herbe Ausdruck wurde auch bei ihr durch jedes Lächeln gemildert.

Später standen sie alle auf dem Balkon, der zum hinteren Teil des Gartens hinausführte, und tranken Sekt aus hochstieligen Gläsern, die ein Bediensteter in schwarzem An-

zug brachte. Paul wurde seine Verlegenheit nicht los. An einer solchen Gesellschaft hatte er noch nie teilgenommen, und sie fand seinetwegen statt. Unwillkürlich verglich er das alles mit der Lebensweise, in der er mit seiner Mutter bis vor wenigen Jahren gelebt hatte. Wenn die freundlichen Nachbarn sie besuchten und ihre Alltagsgeschichten erzählten, saß man in der Küche oder auf wackligen Stühlen im kleinen Garten unter dem Apfelbaum. Was war hier anders? War es der größere Wohlstand? Das konnte es allein nicht sein. Ihm ging plötzlich auf, dass es die Liebe zu den schönen Dingen war, die hier alles anders, würdevoller erscheinen ließ. Und die Möbel, Bilder und Gegenstände waren mit Geschmack geordnet, nichts war nur einfach zweckmäßig oder zufällig. Der silberne Becher auf einem Beistelltisch, aus dem Fahriunusa ihre Zigaretten nahm, wirkte neben dem alten Sessel, als gehöre er zu einem Stilleben. Und dann diese Art, Freunde zu feiern, Besuchern die Sicherheit zu geben, man sei ihretwegen in Hochstimmung.
Die Gäste kamen. Ein schlanker Mann mit einer unsäglich dicken Frau, zwei junge Männer, die Fahriunusa ehrerbietig die Hand küssten – waren das Freunde von Leyla? –, ein elegant gekleideter Mann, den Leyla als einen Bekannten ihrer Mutter vorstellte. Mit ihm kam, unverkennbar, ein deutsches Ehepaar, das sich in breitem Berlinerisch als Katrin und Georg Nowitzki vorstellte. Paul erfuhr, dass Nowitzki in einer türkischen Waffenfabrik in Kirikkale als Ingenieur arbeitete; er beschloss die beiden Landsleute sympathisch zu finden mit ihrem bis-

sigen Humor. Sie schienen mit den Türken hier gut befreundet zu sein. Schließlich flatterte Leylas Freundin auf die Veranda, eine schlanke Schönheit mit dunkler afrikanischer Hautfarbe. Sie begrüßte Paul auf Englisch.

»So, nun sehe ich wenigstens, worauf Leyla so sehnsüchtig gewartet hat.«

Sie lächelte amüsiert und ein wenig anzüglich.

Paul hoffte, man würde sein häufiges Erröten dem Rakı zuschreiben, und trank noch einen Schluck. Ich habe schon zu viel, dachte er. Die schwarze Schönheit ging zu Fahriunusa und drückte ihr etwas in die Hand.

»Morgen Abend gehen wir zusammen in die Oper«, sagte Fahriunusa, »Sie werden sehen, dass wir hier auch keine schlechte Oper haben. Rossini. *Die diebische Elster.* Es war ganz unmöglich, noch Karten zu bekommen. Aber meine dunkle Freundin hier hat es geschafft.«

Sie nahm das Mädchen in den Arm und küsste es.

Zwei schwarz gekleidete Diener trugen die Speisen auf, während Leyla Paul zuflüsterte:

»Glaub ja nicht, dass wir jeden Tag so feudal speisen. Das Personal ist für zwei Stunden engagiert, dann verschwindet es wieder. Alles nur deinetwegen und weil Großmutter offensichtlich vernarrt in dich ist.«

»Das glaube ich nicht«, sagte Paul verlegen, »du stürzt mich von einer Verlegenheit in die andere. Bist du immer so?«, flüsterte er zurück.

»Wenn du nicht immer so schön erröten würdest, würde es nur halb so viel Spaß machen.«

Jeder schien zu reden, für Paul war es ein einziges Durcheinander. Während des Essens ging die Unterhaltung ungezügelt weiter. Sie wurde in drei Sprachen geführt und Pauls Tischnachbarin sorgte dafür, dass er möglichst viel mitbekam. Als der Nachtisch aufgetragen wurde, suchte Leyla unter dem Tisch seine Hand, drückte sie fest und ließ sie gleich wieder los.

»Ich bin so froh, dass du vielleicht doch ein netter Kerl und kein Idiot bist ...«, flüsterte sie.

»He, bist du nicht ein bisschen voreilig mit deinen Urteilen?«

»Deshalb irre ich mich ja auch so oft«, gab sie zurück.

»Und wieso bist du bei mir sicher?«

»Nichts weiter als orientalische Hexerei.«

»Sei vorsichtig! Ich bin ein klassischer Musiker, empfindsam und sensibel«, sagte er so ernst wie möglich.

»Dann werde ich dir eben türkische Flötentöne beibringen, wenn das nicht unter deiner Würde ist, Herr Rubinstein!«

Nach dem Opernbesuch am nächsten Abend fuhren sie mit Leylas Jeep in eine alte türkische Bar. Die Frauen verschwanden in der Toilette, um sich frisch zu machen. Paul fand, dass das Orchester hervorragend gewesen war. Auch die Sängerinnen und Sänger waren Weltklasse. Er hatte gedacht, sie würden in Italienisch singen, aber Rossini wurde in Türkisch gegeben. Er hatte, bevor die Lichter ausgingen, an seinem schon etwas schäbigen Anzug hinuntergesehen und unauffällig eine Hand auf jene

Stelle oberhalb des Knies gelegt, wo der Stoff schon bedrohlich glänzte. Er war nicht sicher, ob Leyla es gesehen hatte.
Sie tranken Sherry. Nur Fahriunusa bestellte Rakı mit Wasser vermischt, der seltsam milchig aussah. Am Nebentisch wurden Wasserpfeifen vorbereitet, die Wände waren mit Teppichen und alten traditionellen Haushaltsgeräten vom Lande verziert. Überall hingen Fotos von Atatürk. Am Flughafen, in Fahriunusas Haus, in seinem Gästezimmer, das sie ihm angewiesen hatte, im Theater und nun hier.

Fahriunusa hatte ihm in Bad Homburg von ihrer einzigen, etwas verunglückten Begegnung mit dem Staatsgründer Kemal Atatürk, dem *Ghazi*, erzählt. Sie war, noch ein junges Mädchen, auf einem Ball in Ankara gewesen, an dem auch der Präsident teilnehmen würde. Kurz vor seinem Eintreffen, sie stand in einer ordentlichen Reihe mit vielen anderen Mädchen, riss ihr das Strumpfband und sie rannte verzweifelt, mit einer Hand das Strumpfband haltend, zu den Toiletten, um den Schaden zu beheben. In ihrer Eile schlug sie heftig eine Pendeltür zurück, traf damit einen Mann an der Schulter – und stürzte in seine Arme. Er fing sie erschreckt auf und hielt sie fest. Als sie aufblickte, sah sie in das lächelnde Gesicht des Präsidenten.

Paul zündete sich eine von Fahriunusas bevorzugten Zigaretten *Birinci* an. Fahriye brachte das Gespräch auf das Pro-

gramm der nächsten Tage und wandte sich an ihre Tochter. Paul hatte wie nebenbei erfahren, dass sie seinetwegen eine Woche Urlaub nehmen würde. Er empfand es wie ein unerwartetes Glück, denn er war gern mit ihr zusammen.
»Was hast du dir für unseren Pascha ausgedacht?«
»Ich muss in der Nähe von Antalya etwas für die Botschaft erledigen. Das können wir auf dem Rückweg machen. Ich will ihm aber zuerst das Schwarze Meer zeigen, damit er ein, zwei Tage ausspannen kann. Er sieht ja so müde aus, unser germanischer Freund! Dann fahren wir nach Istanbul, von dort nach Izmir und weiter nach Antalya. So lernt er wenigstens den Westen kennen. Wir wollen ihn doch nicht überfordern, oder?«
»Das kannst du nicht in einer Woche machen! Vergiss Izmir, sonst sitzt ihr nur noch im Auto. Bist du einverstanden?« Fahriye wandte sich an Paul.
»Klar, was sonst! Kommen Sie und Ihre Mutter mit?«
»Das geht leider nicht. Ich kann jetzt keinen Urlaub nehmen. Da ist eine Industriemesse in Izmir und ich muss übersetzen. Leyla wird schon keine Dummheiten machen ...« Sie lächelte zu ihrer Tochter hin und berührte ihren Arm.
»Es kommt darauf an, wie sich dieser Jung Siegfried benimmt.«
Leyla war bei diesen Worten ganz ernst geblieben.
»Ich werde dir mit allzu deutscher Lebensart nicht auf die Nerven gehen, junge Frau«, sagte er ebenso ernst. »Ich komme schließlich aus einer internationalen Stadt am Meer und nicht aus einem Kaff in den türkischen Ber-

gen. – Aber mal im Ernst. Ich werde verrückt, Schwarzes Meer, Istanbul und dann zum Mittelmeer ...!«

»Was ist ein *Kaff*? Habe ich noch nie gehört«, fragte Leyla.

»Ein Kaff ist ein Ort, wo der Hund begraben ist.« Paul grinste sie an.

»An diese Art Humor muss man sich erst gewöhnen ... Aber«, sie kam auf die geplante Reise zurück, »wo wir zuerst hinfahren, da ist wirklich der Hund begraben! Keine Angst?«

»Wieso denn ...!«

Paul wurde immer stiller. In seinem Kopf überschlugen sich die Gedanken. Er ahnte dunkel, dass er dabei war, sich in Leyla zu verlieben. Er wagte nicht, sich das offen einzugestehen, und dachte doch unablässig daran. Man kann nicht in eine fast fremde Familie eingeladen werden, dachte er, so viel Vertrauen genießen – und sich sofort in die Tochter des Hauses verlieben! Es geht einfach nicht, sagte er sich und hoffte gleichzeitig, es ginge doch. Sie wird gerade auf mich abgerissenen Musiker gewartet haben, aber vielleicht mag sie mich – und dachte an ihren Händedruck unter dem Tisch.

Die Tage bis zur Abreise mit Leyla verbrachte Paul mit Fahriunusa. Sie durchstreiften den *Gençlicparkı*, blickten auf die Wasservögel und die Tretboote mit Liebespaaren. Fahriunusa zeigte auf Frauen mit Kopftüchern, die auf den Bänken saßen. Das seien die Mütter oder Tanten, die genau aufzupassen hätten, dass sich in den Booten ja niemand küsst oder anderen Unsinn anstellt.

»Wir sind immer dann ein sehr moralisches Volk, wenn es um die Moral unserer jungen Leute geht ...«
An den Nachmittagen spielte er manchmal Klavier für sie. Die große Tür zum hinteren Teil des Gartens stand offen, die Sonne glänzte auf dem Marmorboden, und sie saß still in ihrem Sessel neben einem großen Blumenstrauß und hörte zu.
Beim Hinausgehen sagte sie einmal zu seiner Überraschung wie nebenher:
»Wenn ich diese Musik höre, ist mir, als gäbe es all diese Verknechtung und Verdummung, Korruption und Gewalt in meinem Land nicht.«

Er saß allein im Garten und las in einem englischen Buch über das Schwarze Meer, das er in wenigen Tagen zum ersten Mal sehen würde. Eine Schwefelwasserstoffhölle – und doch früher einmal eine der reichsten Gegenden der Welt, besiedelt von Skythen und Sarmaten, Mykenern und Kaukasiern, Griechen und Goten, Wikingern und Osmanen, Georgiern und Larsen, Chasaren und Abchasiern, Ukrainern und Italienern. Die Chasaren waren das erste Türkvolk im Schwarzmeergebiet. Die Grenze zwischen Barbarei und Hochkultur, so las er, war immer schon fließend gewesen. Mit den ersten festen Siedlungen und dem Beginn landwirtschaftlicher Nutzung wurde erst die politische Erschließung möglich, während bis dahin eine Räuber- und Plünderkultur geherrscht hatte. An den vielen Steilküsten konnte man sich auf Raubzügen gut verbergen; sie wechselte mit lieblichen Ebenen oder tiefen fjordähnlichen Klippen. Hunderte Fischarten gab es hier noch und der Autor prophezeite, das würde bald ein Ende haben, wenn die Menschen nicht zu Verstand kämen. Fisch war der wirkliche Reichtum, auch wenn die Völkerschaften auf der Suche nach Gold in diese Weltgegend kamen. Ins Schwarze Meer mündeten mehr fischreiche Flüsse als in irgendein anderes Binnenmeer der Welt.

Unfassbar, dass er dieses Meer vielleicht morgen schon sehen würde.

Als Leyla am Abend kam und sich in der Dämmerung zu ihm setzte, legte er das Buch zur Seite. Sie nahm es auf, um den Titel zu lesen.

»Hätte ich nicht im Süden zu tun, könnten wir auch bis zum Kaukasus fahren. Ich war noch nicht dort. Man sagt hier, es sei eine der schönsten Gegenden der Welt.«

»Wenn du mitfährst, bin ich schon mit den zweitschönsten Gegenden zufrieden«, er bemühte sich, seinen Satz ein bisschen theatralisch vorzubringen, um nicht zu zeigen, dass er es wirklich so meinte. Sie blieb ernst.

»Ja, ich freu mich auch auf die Reise mit dir.«

Sie sah müde aus und sie beschlossen für den Morgen ihre Sachen zu packen.

11

Vier Stunden nach dem Aufbruch aus Ankara hatten sie die Boluberge hinter sich, tankten den Wagen in Düzce und bogen von der Hauptstraße nach Akçakoça ab. Die Straße war gut, aber kurvenreich. Als tief unten und noch fern das Meer in Sicht kam, nahm Leyla die Mozart-Kassette aus dem Recorder und suchte einen türkischen Sender mit traditioneller Musik. Sie hatten nicht viel geredet. Der Anblick der wechselnden Landschaften, der an die Berghänge gebauten Dörfer mit ihren Schaf- und Kuhherden nahm Paul so gefangen, dass er die Unterhaltung nicht vermisste. Nun ließ sie hin und wieder das Steuer los, um den Takt mitzuklatschen und sie sang ausgelassen einen Text, den er nicht verstand. Sie lachte ihn an.

»Wir sind gleich da, Pascha, wir sind gleich da!«

Ihre Fröhlichkeit steckte ihn an.

»Du wirst sehen, in Akçakoça sind alle Hunde der Welt begraben, es ist das Kaff aller Käffer. Aber sicher gefällt es dir ... Die Sonnenuntergänge in Akçakoça, dabei vergisst du dein verdammtes Hamburg und vielleicht alles, was du bisher für schön gehalten hast. – Wir besorgen uns erst mal eine Unterkunft und dann zeige ich dir die Küste.«

»Du kennst das wohl alles?«

»Als ich ein Kind war, fuhr mein Vater mit uns hierher. In jedem Sommer. Mit ihm möchte ich nicht mehr herkommen, aber Akçakoça ist schön.«

»Vermisst du ihn manchmal?«

»Vielleicht, wenn er ein bisschen anders wäre ... Aber er ist leider völlig unfähig, andere Leute zu respektieren. Allah sei Dank, es gibt auch andere Männer.«

Der letzte Satz gab ihm einen leichten Stich ins Herz.

»Deine Eltern leben getrennt, oder?«

»Sie sind geschieden. Es ging nicht mehr. Meine Mutter ist nicht die Frau, die sich jahrelang demütigen lässt, ohne sich zu wehren.«

Sie fuhren langsam in den Ort. Häuser aus Holz und Stein, blau oder beige bemalt, kleine Geschäfte mit Auslagen auf den Gehwegen, Schatten spendende Bäume an allen Straßen und überall Blumen. Zwei Minarette überragten die dunkelbraunen Ziegeldächer, der Muezzin rief zum Abendgebet. Das Licht hatte den warmen Glanz der sommerlichen Spätnachmittage. Am Strand kamen Restaurants in Sicht, die auf Pfählen aufs Wasser hinausgebaut waren. Die Gasträume wirkten wie große Lauben, von Efeu und wildem Wein als Schutz vor der Sonne überwuchert. Der Strand war nur schmal mit fast schwarzem Sand und ging über in eine Wiese. Sie stiegen einen Augenblick aus, um ans Wasser zu gehen und aufs Meer zu blicken.

»Magst du frischen Fisch?«, fragte sie, »du wirst gleich welchen bekommen, wenn du willst.«

Sie fuhren eine steile, mit grobem Kopfstein befestigte Straße bergan. Leyla hielt vor einem zweistöckigen Holzhaus. Sie kam nach einigen Minuten mit dem Schlüssel zurück.

»Komm, bringen wir die Sachen hoch.«
Paul überlegte, ob sie ein oder zwei Zimmer gemietet hätte, und beschloss alles auf sich zukommen zu lassen. Wenn es richtig war, was er über türkische Mentalität und islamische Moralvorstellungen gehört hatte, würde sie nie den ersten Schritt auf ihn zugehen. Aber was wusste er schon wirklich von den Türken und ihrem Land? Oder von Leyla? Was wäre, wenn er sich ihr näherte und sie ihn abweisen würde? Damit könnte er alles kaputtmachen. Es wäre undenkbar, die Reise gemeinsam fortzusetzen! Sie wäre vielleicht verstört oder verletzt. Er beschloss ihre Freundschaft nicht aufs Spiel zu setzen, auch wenn er sich nichts sehnlicher wünschte, als ihr ganz nah zu sein.

Er stellte ihre beiden Koffer auf den Flur im ersten Stock und ging wieder hinunter, um das Auto abzuschließen. Als er zurückkam, waren die Koffer verschwunden. Leyla stand am Ende des Ganges an der Brüstung des Balkons und sah auf die Stadt und das Meer. Er betrachtete dieses Bild, das wie ein farbenfrohes sommerleichtes Gemälde war; der Wind in ihrem geblümten Kleid, zu ihren Füßen die verschachtelten dunkelroten Ziegeldächer Akçakoças, das Blumenmeer, die sich im Wind wiegenden Palmen und in der Ferne das Wasser. Er stellte sich neben sie.
»Das sind Augenblicke, die man nie mehr vergisst«, sagte sie leise.
Er schwieg. Ihm war, als ginge etwas von ihr aus, das er vorher nicht wahrgenommen hatte. War es der Ernst, mit dem sie gesprochen hatte? Oder war es der betäubende

Duft der Blumen, der aus dem Garten zu ihren Füßen heraufzog? Warum nahm er sie nicht einfach in seine Arme? Er krallte seine Hände um die Brüstung und versuchte einen vernünftigen Gedanken zu fassen.
Sie bewegte sich neben ihm. Er nahm es schattenhaft wahr, bis er ihre Hände auf seinen Schultern spürte. Sie drehte ihn sehr langsam zu sich und küsste ihn mit so großer Vorsicht, als sei er zerbrechlich. Ihre rechte Hand lag an seiner Wange, die linke um seinen Hals. Es war ein sehr scheuer Kuss und er widerstand dem Impuls, sie ganz an sich zu ziehen.
Sie ließ ihn los, sah ihn nachdenklich, beinahe prüfend an und sagte:
»Komm, ich zeige dir das Zimmer.«
Auf dem Tisch stand eine große Schale mit Weintrauben. An der Wand stand ein breites Bett mit hochgesteckten Moskitonetzen, als einziger Wandschmuck hing neben dem Fenster eine Tafel mit arabischen Schriftzeichen. Alles um sie herum war aus ungestrichenem hellen Tannenholz. Paul konnte nicht entdecken, ob sie beide Koffer in dies Zimmer gebracht hatte. Leyla verschloss die kleine Wohnung und sie gingen auf die Straße.
Sie schien zu wissen, wohin sie wollte. Der Weg führte in die Ortsmitte zurück, dann bog Leyla vor dem Hügel links ab und der Weg stieg langsam bergan. Sie hatten jetzt einen freien Blick auf das Meer und den kleinen Hafen, wo Fischerboote und zwei Yachten angebunden waren. Ein Trampelpfad führte nach fast einem Kilometer steil bergab. Leyla steuerte auf eine Holzhütte zu, die

direkt an einem Bach gebaut war, der in starker Strömung ins Tal schoss. Paul setzte sich in die geräumige überwucherte Laube. Leyla war in der Hütte verschwunden, um mit dem Wirt zu sprechen.
Das Restaurant war so angelegt, dass man nach Norden einen Blick auf das Meer hatte und nach Süden in ein weites Tal, bewachsen mit Palmen und Olivenbäumen und in den Höhen mit Kiefern. Unten schlängelte sich der Bach auf Akçakoça zu.
Der Wirt, ein kleiner Mann in traditionellen Pluderhosen, schüttelte ihm die Hand und begrüßte ihn wortreich. Dann machte er sich an die Arbeit und warf im Bach seine Fangkörbe aus. Leyla zog aus ihrer Tasche eine Thermosflasche und drehte den Schraubverschluss ab. Sie schenkte gekühlten Rakı ein.
»Gegen die Anspannung der Reise. Das hat unsere Fahriunusa uns mitgegeben«, sagte sie lächelnd. »Ich glaube, für sie bist du der Sohn, den sie sich immer gewünscht hat.«
Paul fiel nichts ein, was er hätte antworten können. Er errötete ein wenig wegen der Intimität ihrer Bemerkung und war froh, dass sie sie nicht weiter kommentierte.
Der emsig beschäftigte Wirt ließ einen Korb voller kleiner silbriger Fische abtropfen und begann vor der Hütte, sie zuzubereiten. Ein Holzkohlenfeuer qualmte bereits und er legte eine Menge Fische auf den Grill. Er verschwand in der Hütte und kam mit Tellern, Bestecken, einer großen Schüssel Salat und weißem Brot zurück, um den Tisch zu decken.

Sie waren hungrig. Paul erinnerte sich nicht, jemals so gute Fische gegessen zu haben. Sie waren ausgelassen und alberten herum, aßen mit den Händen und ließen nur Köpfe und Schwänze der Fische übrig. Leyla tupfte sich mit Brot das Fett von den Lippen.

»Manche sagen, die Köpfe schmecken am besten. Meine Großmutter zum Beispiel würde nicht einen übrig lassen!«

Sie goss Rakı nach und vermischte ihn mit reichlich Wasser. Ein leichter Wind machte die Hitze erträglicher; sie hatte mit Anbruch der Dunkelheit kaum nachgelassen. Auf dem Tisch standen Kerzen. Die Flammen flackerten kaum. Aus der Hütte fiel das Licht einer Petroleumlampe.

Ihre lebhafte Unterhaltung war plötzlich beendet. Beider Blicke irrten in der Dunkelheit umher und streiften manchmal wie unbeabsichtigt das Gesicht des anderen. Sie schwiegen verschüchtert vor dem, was plötzlich und doch ängstlich erwartet nahe gerückt war und ihren Atem beschleunigte.

Paul berührte ihre Hand und zog sie sogleich wieder zurück.

»Hast du das vorhin ernst gemeint?«

»Das mit den Fischköpfen?« Sie blickte vor sich und schob ihr unbenutztes Besteck ohne erkennbaren Sinn auf dem Tisch hin und her.

»Nur wenn du mich für einen Fischkopf hältst.« Er hüstelte, kaute auf seinen Lippen. Seine Hände zitterten, er war versucht sie zu verstecken, ließ sie auf dem Tisch liegen und schob sie übereinander.

»Ist das eine neue Redensart in Deutschland?« Sie wollte lächeln, aber um ihren Mund zuckte es nur ein wenig.
»Stell dich nicht einfältiger, als du bist, Leyla. Du weißt, was ich meine, oder?«
»Wenn du ein Curd Jürgens wärst, wüsste ich die Antwort sofort«, wich sie aus.
»Ich bin weder Curd Jürgens noch Menuhin. Ist dir doch ziemlich egal, wer ich bin, oder?«
»Und ob mir das egal ist ... Streng mal ein bisschen dein Gedächtnis an. Vor ein paar Tagen habe ich dir was Passendes gesagt. Oder hast du das schon vergessen?«
Sie versuchte ihn so herausfordernd anzusehen, wie sie gesprochen hatte, aber es gelang ihr nicht. Ihr Blick flatterte wie ein Vögelchen. Er konnte nicht die Spur eines spöttischen Glitzerns darin erkennen.
»O, nein, das reicht mir nicht! Nur *ein netter Kerl sein* ist mir nicht genug. – Ich meine – deine Umarmung auf dem Balkon.« Er fuhr mit einer Hand über Hinterkopf und Nacken, als wolle er eine Verspannung loswerden und weil er diese endlosen Sekunden nicht anders ertrug.
»Was hast du gerade ...?« Sie sagte es wie abwesend, ohne aufzublicken. Hatte sie ihn nicht verstanden?
»Ich habe von dem Kuss auf dem Balkon gesprochen ...« Paul musste alle Kraft aufbieten, die Worte über die Lippen zu bringen.
»Davon sprichst du ...«
»Ich denke an nichts anderes mehr!« Er fühlte sich plötzlich wehrlos wie ein Kind unter einer haushohen Welle und ballte doch in seiner Erregung die Hände zu Fäusten.

»Ich auch nicht«, sagte sie.
Sie sah bewegungslos vor sich und dann aus den Augenwinkeln zu ihm. Der Kerzenschein flackerte über ihre geröteten Gesichter und über ihre Hände, die auf dem rohen Holz des Tisches lagen. Ihre Augen begannen schüchtern sich zu suchen.
»Also ist es passiert und es sollte eigentlich nicht passieren«, sagte er und seine Stimme zitterte ein wenig.
»Doch, es sollte passieren! Ich konnte es bis jetzt nur nicht glauben.«
Beide atmeten heftig und versuchten es zu verbergen. Sie schwiegen. Dann flüsterte sie leise mit gesenktem Kopf:
»Kann es wahr sein, dass du ausgerechnet mich gemeint hast?«
Er griff wie gedankenverloren nach ihrem Haar, so als sei das, was hier gerade geschehen war, noch längst nicht bei ihm angekommen. Ihr Gesicht, ihre schlanken Hände auf dem Tisch, ihre Umgebung vor der einfachen Hütte waren seltsam entrückt und unwirklich, ihm klopfte das Blut in den Schläfen.
Er legte die Arme um sie, und sie hielten sich erschöpft fest. Der Wirt, der abräumen wollte, kehrte verschreckt lächelnd in seine Hütte zurück. Als er nach einer Weile zurückkam, hatte sich das Bild noch immer nicht verändert und er zog sich lautlos wieder zurück.
Sie hörten nicht das Geklapper aus der Hütte und nicht, wie der Wind leicht die Blätter über ihren Köpfen bewegte. Sie hörten nicht die Nachtvögel aus den Wäldern des Tals und nicht den Wolf, der in der Ferne heulte, und

nicht einmal ihre eigenen heftigen Herztöne hörten sie, obwohl sie so nah beieinander waren. Sie hörten nach langer Zeit, als erwachten sie aus einer Besinnungslosigkeit, wieder das Rauschen des Meeres, die Wellen, die gegen riesige Steine schlugen und immer wiederkamen. Ihr Bewusstsein kehrte langsam zurück und sie nahmen sich und ihre Körper wahr, ihre Gerüche, und hörten den Atem des anderen. Er spürte ihren Herzschlag und ihre Brüste und sie seine Schultern und Hände und dass sich ihre Knie berührten.

Als sie sich ansahen, waren sie schöner, als sie sich in Erinnerung hatten, und es drängte sie, sich nicht wieder loszulassen. Beide wussten, ohne es je erlebt zu haben, dass es Augenblicke gibt, die alles, was kommen würde, in sich bergen. Sie lösten sich voneinander und glaubten, in all ihren Lebensjahren nie so nahe im Leben gewesen zu sein.

Sie küssten sich nicht, weil sie sich ansehen mussten; weil sie sich mit den Augen abtasteten, als glaubten sie nicht, was sie sahen.

Leyla goss ihnen den Rest aus ihrem Rakı-Vorrat ein und sie tranken schweigend. Es war dunkel um sie herum, nur die Kerzen und der schwache Schein aus der Hütte beleuchteten sie.

Er legte seinen linken Arm um ihre Schulter.

»Das ist für dich«, sagte er und begann sehr langsam, aus Beethovens Fünftem Klavierkonzert das Adagio leise mit seinem Atem zu spielen. Mit Ein- und Ausatmen formte er die Melodie und ihr war, als hörte sie ein ganzes Orchester, das für sie in diese abgelegene Ecke der Welt gekommen war. Mit der Rechten spielte er, die blonden Haare fielen ihm über die Augen, den Klavierpart auf dem rissigen Holz der Tischplatte. Er spielte langsam, so als könne er die Zeit festhalten. Ihr Kopf lag an seiner Schulter und sie unterbrach ihn nicht. Die Melodie durchschritt triumphierend die Landschaften eines Lebens, berührte Leid, Sehnsucht und Träume und erreichte die Höhen und das Herabsteigen wie viele Abschiede und Wiedersehen, begleitet vom Geruch des Meeres und dem Flüstern des wilden Weins über ihnen.

Sie kehrten gegen Mitternacht in den Ort zurück. Der Weg war von blühendem Oleander gesäumt und nur vom Mondlicht erleuchtet. Die Restaurants am Meer waren schon fast menschenleer. Sie setzten sich an einen Tisch direkt über dem Wasser, weitab von den wenigen Gästen, und bestellten Rakı mit Soda, eine Schüssel voll *Piyaz* und frische Pistazien.

»Ist das auf der gleichen Erde geschehen, wo ich bisher gelebt habe?«

Ihre Stimme war sanft. Sie weinte und bat ihn, sie festzuhalten. Er hielt sie im Arm, nahm sein Taschentuch, zog ihr Gesicht zu sich, wischte ihr die Tränen ab und putzte ihr die Nase. Ihn drängte es, ihr einen Liedvers ins Ohr zu flüstern, der sich ungefragt aus der Tiefe der Erinnerung in seinem Mund formte. Seine Worte kamen wie von selbst und es war wie ein Gesang:

Fangt uns die Füchse,
denn schon steht in Blüte unser Weinberg,
während wir von Rosen
einen Strauß binden
und niemand mehr
soll sich auf unserem Hügel zeigen.

Leyla fuhr mit den Händen über ihre Augen und sah ihn an, als wolle sie diesen Pakt bestätigen.
Der Himmel war schwarz, nur auf dem Wasser spiegelten sich noch die Lichter der Ortschaft.

Sie gingen den Weg zu ihrer Pension zurück. Die Straßen waren jetzt fast menschenleer, aber es war warm wie am Tage. Vor einigen Häusern saßen alte Männer und drehten ihre Gebetsketten in den Händen. Aus den Fenstern drangen noch Stimmen und Musik auf die Straße. Vor dem Hauseingang baumelte eine schwache Glühbirne, umschwirrt von Motten und Mücken. Sie hielt ihn zurück, als er die Türe öffnen wollte.
»Wir haben vergessen uns zu küssen!«
Als sie voneinander abließen, sagte sie:
»Ich möchte neben dir schlafen. Die ganze Nacht.«
Sie legten sich auf das breite Bett und hielten sich fest. Sie sprachen nichts mehr und dachten nichts mehr. Was zwischen ihnen sein würde, wussten sie, ohne es sagen zu können. Sie merkten nicht, wie ein leichter Wind ihre Haare bewegte und wann sie eingeschlafen waren.

Als sie aufwachten, war ihre Sehnsucht stärker denn je und sie liebten sich. Draußen war schon heller Morgen und sie hörten unter den Fenstern die *Simit*-Verkäufer und die Kinder schreien, wie sie jeden Morgen schrien, aber für Leyla und Paul war es, als geschähe all das auf einer neuen Erde.

Bevor sie aufstand, beugte sie sich noch einmal herab und flüsterte:

»Wenn wir jemals in diesem Leben noch einmal zusammen schlafen sollten – wenn, habe ich gesagt –, dann, dann lässt du es mich türkisch mit dir machen. Einverstanden?«

Paul suchte seinen Koffer. Leyla ging auf den Flur und öffnete die gegenüberliegende Tür. Sein Koffer stand mitten im Raum.

»Das Zimmer war für dich gedacht«, sagte sie lakonisch, »am besten, du nimmst deine Sachen mit rüber.«

Sie gingen zum Meer und schwammen hinaus. Sie sprachen einfache und schöne Dinge miteinander.

»Wirst du mir das Stück von gestern einmal auf dem Klavier vorspielen?«

»Dann beschaff mir erst mal ein Orchester!«

»Ist dir wohl zu aufwendig für mich, was?«

»Kein Problem. Ich engagiere dir das beste, das es gibt.«

»Wie lange studierst du noch?«, fragte sie.

»Zwei Jahre, wenn ich Glück habe und die Prüfung bestehe.«

»Und dann?«

»Entweder heirate ich dich, damit ich versorgt bin, oder mir bleibt nichts anderes übrig, als in ein Orchester zu gehen. Dazu habe ich allerdings keine Lust.«

Sie waren weit hinausgeschwommen. Leylas Haare klebten auf Rücken und Schultern.

»Was könntest du sonst machen, außer Heiraten oder Orchester, meine ich?«

»In einem Trio oder einem Quartett spielen. Aber da musst du verdammt gut sein. Und es ist ein Risiko.«

»Welches Risiko?«

»Dass ich wenig verdiene. Ich muss schließlich irgendwann Frau und Kinder ernähren können.«

In ihren Augen begann wieder jenes Glitzern, das er so mochte.

»Wovon leben sie jetzt? Ich meine, deine Frau und deine Kinder?«

»Sie kriegen Armenhilfe. Und du? Was treibst du als Türkin in der deutschen Botschaft?«

»Stell dir vor, ich arbeite!«

»Wie geht das mit den Deutschen, kommst du mit ihnen klar?«

»Sie sind manchmal unbegreiflich, aber ich habe mich daran gewöhnt. Wir, die türkischen Angestellten, machen so unsere Witze über ihre Besserwisserei. Aber sie sind nicht alle so.«

»Hast du mit dem Botschafter zu tun?«, fragte er.

»Selten. Gott sei Dank. Der ist immer aufgeregt, als würde die Welt von seinen Entscheidungen abhängen. Wäre mir zu anstrengend, immer mit ihm zu tun zu haben. Er ist sonst kein übler Kerl. Aber«, sie schwamm hinter seinen Rücken, »das ist jetzt alles egal, denn du bist jetzt mein Botschafter und wirst als Inthronisierung erst mal eine Menge Wasser schlucken«, und drückte ihn an den Schultern tief hinunter. Er tat, als sei er ein Stein, und ließ sich sinken, zog sie aber mit sich hinunter, um sie im grünen Dunkel der Tiefe zu küssen.

Nach dem Frühstück mit einem Überfluss an Mango, Orangensaft, Papaya, Trauben, frischem Brot und *Bulgor* mit Rührei kletterten sie am Strand entlang. Ein Spaziergang war das nicht, weil die Küste übersät war von riesigen urzeitlichen Steinen, die ihren Weg erschwerten. Sie mussten waghalsig von einem zum anderen springen. Verwachsene Eichen, von Stürmen und den Wogen gezeichnet, schienen die hohe Böschung für alle Zeiten zu sichern. Zwischen den frei liegenden Wurzeln nisteten Seevögel und Schwalben. Sie bogen schließlich in einen engen Pfad ein, der vom Strand wegführte, und gelangten in die Haselnusspflanzungen, die hier bis zum Horizont reichten. Als sie sich einem Dorf näherten, ermahnte sie Paul, sie nicht zu umarmen oder gar zu küssen. Das würde den Leuten gar nicht gefallen.
»Und der Wirt gestern, der kannte das wohl schon?«
»Von mir nicht!«, gab sie einfach zurück.
Sie kamen in das Dorf und Leyla klopfte an die Tür eines der niedrigen Bauernhäuser. Eine alte gebeugte Frau öffnete und Leyla bat sie um Wasser. Die Alte reichte ihnen einen Becher und einen Krug, wechselte ein paar Worte

mit Leyla und zog sich zurück. Sie setzten sich auf die Bank vor dem Haus. Auf der Dorfstraße trotteten ein paar Esel, hoch beladen mit Luzerne und Gras. Ein Bauer mit einem Stock versuchte sie auf dem Weg zu halten, wenn sie sich an den Blumen in den Vorgärten zu schaffen machten. Aber sein Hund verdarb all seine Mühen, weil er sie immer in die falsche Richtung trieb.

»Du darfst mich ruhig für sentimental halten, Paul, aber ich möchte dir etwas zeigen. Wenn ich das mache, ist es ein Vertrauensbeweis.« Leyla war verlegen.

»Was ist es?«

»Komm mit.«

Sie gab der alten Frau den Becher zurück und führte Paul die Dorfstraße entlang, bog in einen Feldweg ein und dann gingen sie quer durch ein Kürbisfeld auf eine Felswand zu. Vor dieser Felswand stand ein einsamer Baum. Eigentlich waren es zwei Bäume. Sie waren gewachsen, als habe ein geschickter Gärtner Hand angelegt, wie Spiralen umeinander geschlungen und beide Stämme führten in eine einzige mächtige Krone.

»Sieh mal diesen Baum. Ich zeig ihn dir, weil Fahriunusa immer hierher kommt, um ein bisschen bei ihm zu sein. Für sie ist er ein Sinnbild für vieles, das ihr wichtig ist im Leben, für Liebe, für Frieden und Toleranz. Sie hat mich schon als Kind hierher geführt und mir das gesagt. Seit meiner Kindheit mag ich diesen Ort. Ich habe ihn noch nie jemandem gezeigt.«

»Warum, denkst du, könnte ich dich deswegen für sentimental halten?«, fragte Paul und strich mit seinen Hän-

den über die ebenmäßigen Windungen des Baumes. »Er ist so geheimnisvoll, stark und schön.«
»Ich bin froh, dass du es richtig verstehst.«
Die Anspannung, die beide gefangen hielt, als hätten sie einen heiligen Ort besucht, löste sich von ihnen und sie liefen ausgelassen den Feldweg hinunter. Bis Paul Leyla an der Schulter festhielt.
»Und du, würdest du mich für sentimental halten, wenn ich dich frage, ob du mit mir in die Pension zurückgehst?«
Sie liebten sich, bis der Gesang des Muezzins sie daran erinnerte, dass es Abend geworden war und sie Hunger hatten.

Nach zwei Tagen verabschiedeten sie sich von Akçakoça und fuhren auf Istanbul zu. Sie nahmen die Landstraße, die sie am Meer entlang bis Karasu führt. Nach einer weiteren Stunde Fahrt ins Landesinnere überquerten sie den mächtigen Sakaryafluss, verließen die Straße, um dort, wo ein kleinerer Fluss in den Strom mündete, eine Rast einzulegen. Leyla lenkte den Wagen vorsichtig durch die Büsche und zog die Handbremse an, als sie das Ufer erreichten. Sie breiteten eine Decke im Schatten einer Zypresse aus und holten aus dem Auto den Korb mit Früchten, Brot, Schafskäse, Oliven und einer Flasche Weißwein. Aus dem offenen Auto hörten sie türkische Musik. Am gegenüberliegenden Ufer trieben Bauern in Pluderhosen eine Herde von Kühen und Eseln über den Hügel zur Tränke.

Er hatte seinen Kopf in Leylas Schoß gelegt. Der Wein war wunderbar kühl und sie blickten auf das Wasser. Leyla kämmte mit den Händen sein Haar und sang ihm das Lied von jenem Liebespaar, das auf dem Weg nach Üsküdar vom Regen überrascht wurde.

Da traf etwas mit einem Knall das Auto, Lack splitterte ab. Neben ihnen schlugen faustgroße Steine auf den Boden und ins Gebüsch. Paul schnellte hoch, stellte sich vor Leyla und blickte sich verwirrt um. Da sah er die Hirten am anderen Ufer. Sie schrien und gestikulierten, drohten mit den Fäusten und bückten sich nach Steinen, um sie in ihre Richtung zu werfen.

»Was wollen die? Was ist mit denen los?«

In seiner Empörung packte er einen Stein und warf ihn zurück.

»Verdammt, was wollt ihr!«, schrie er und schüttelte seine Faust.

Leyla rief ihn zurück. Sie hatte hastig ihre Sachen zusammengerafft und war hinter das Auto gelaufen.

»Lass, es hat keinen Sinn. Steig ein, bevor sie uns die Scheiben einwerfen«, rief sie, »die mögen nicht, wenn Liebespaare zusammen sind.«

Sie saß hinter dem Steuer, warf den Motor an und lachte. Paul war zornig, aber er stieg in den Wagen.

»Du lachst auch noch? Das sollen wir uns gefallen lassen?« Er zitterte vor Wut.

»Sei froh, dass der Fluss dazwischen ist. Wenn sie Boote hätten, würden wir kaum mit heiler Haut davonkommen. Es ist ratsamer, wenn wir hier auf dem Land ein bisschen vorsichtiger sind ... Wir sollten uns beeilen, damit sie uns nicht den Weg abschneiden und noch mehr Schwierigkeiten machen.«

»Die Polizei sollten wir holen!« Paul blickte sich um, aber das Ufer war schon hinter den Trümmern einer alten Befestigungsanlage verschwunden. Von den aufgebrachten Hirten sahen sie keine Spur.

»Das lassen wir besser! Die Polizei schmeißt zwar nicht mit Steinen, die sperrt dich für ein paar Wochen ein, wenn du Pech hast.«

Er fühlte sich gedemütigt. Leyla versuchte ihn zu beruhigen, während sie auf die Landstraße lenkte.

»Sie drehen einfach durch, wenn sie jemanden wie uns da liegen sehen. Das bringt ihre ganze Welt durcheinander. Sie leben noch mit anderen Moralvorstellungen. Nimm es einfach, wie es ist. Sie haben uns ja nicht getroffen, Allah sei Dank.«

Paul konnte nicht glauben, dass der Vorfall für sie nichts weiter war als ein kleines Ärgernis. Wie konnte eine junge, moderne Frau wie Leyla so einfach darüber hinweggehen? Es war ja schließlich auch ihr Land und sie lebten im zwanzigsten Jahrhundert! Er nahm ihr die Gelassenheit nicht so recht ab.

Die Landschaft wurde flach, der Verkehr auf der Hauptstraße nach Istanbul dichter, und als sie die Stadtgrenze erreichten, quälten sie sich durch ein Gewirr von Lastwagen, Pferdefuhrwerken, Lasteneseln, Fahrradfahrern und Fußgängern. Wenn es nicht sein müsse, führe niemand

freiwillig mit dem Auto nach Istanbul, das sei erst der Anfang, sagte Leyla.
Im Stadtteil Reyazit fanden sie ein Hotel. Während sie ihre Koffer zum Eingang trugen, gab sie ihm einen Rat.
»Wenn sie dich fragen, sag einfach, wir wären ein deutsches Ehepaar. Man kann nie wissen, ob denen nicht die moralische Sicherung durchbrennt. Das passiert bei Muslims genauso wie bei manchen Christen ... Am Sakaryafluss hast du ja einen kleinen Vorgeschmack von türkischer Moral bekommen.«
»Und du? Bist du keine Türkin? Bist du unmoralisch, oder was?«
Sie antwortete ein wenig kleinlaut: »So einfach ist das nicht bei uns ...«
An der Rezeption legte er seinen deutschen Pass vor. Er füllte den Anmeldeschein für Paul und Leyla Langenberg aus und fühlte sich sehr wohl dabei.

Im Zimmer warf Leyla ihre Kleider von sich und verschwand in der überdimensionalen Dusche. Paul streckte sich in einem Sessel aus, er sah undeutlich ihren Körper und ihre Bewegungen durch den Plastikvorhang. Während sie sich einseifte und das warme Wasser genoss, sprach sie, ein bisschen prustend und mit vielen Pausen.
»Früher habe ich gedacht – puh, ist das heiß! –, wenn ich in Deutschland – oder irgendwo in Westeuropa leben könnte, wäre alles viel einfacher. – Gib mir mal unsere Seife her, die hier stammt noch aus der Osmanenzeit! –

Aber das stimmt nicht. – Es ist viel zu viel, was ich aufgeben müsste. – Warum sollte ich das wollen? – In unserem Land hat es immer Widersprüche gegeben – immer mehrere Lebensweisen gleichzeitig. – Warum sollte das heute anders sein? – Nur weil alles, was aus dem Westen kommt, sich so aufdringlich und überall auf der Welt breit macht? – Und die Ungläubigen Autos und so verdammt gute Duschen bauen können?«

Es folgte eine lange Pause, während sie mit Geräuschen des Behagens ihr Gesicht in den Strahl der Dusche hielt.

»Man lebt nicht nur von Autos und Luxusduschen, oder? – Seit ich in Deutschland war, sehe ich mein eigenes Land – viel liebevoller an – jetzt weiß ich, was uns von anderen unterscheidet und was unser Eigenes ist. Das kriegt man nur, wenn man bereit ist, die anderen Dinge zu akzeptieren, die einem nicht so passen. – Jetzt schnell das Handtuch her! Danke.«

Sie stieg triefend aus der Dusche und begann sich abzutrocknen, ein Bein auf den Deckel der Toilette gestellt.

»Die Frage, ob mich jemand für moralisch oder unmoralisch hält, interessiert mich überhaupt nicht. Wenn ich mit dir schlafe, ist das moralisch, weil ich dich liebe und es selbst entschieden habe. – Hast du diese Narbe schon gesehen?«

Sie zeigte auf ihren Oberschenkel.

»Vom Kirschbaum gefallen, als Kind ... Mein Vater stand unten an der Leiter und ich sehe noch die Angst in seinen Augen. Er wollte mich herunterholen ... aber zu spät. Das war auch in Akçakoça ... So stelle ich mir mein Leben vor, und das will ich hier leben können. Darauf bestehe ich! Verstehst du das?«

Sie machte eine Pause, ohne wirklich eine Antwort zu erwarten, holte einen Slip aus dem Koffer und zog ihn an.

»Ich hatte einen Freund in Ankara. Es ging ziemlich lange mit ihm. Ich dachte schon, das wäre der Mann fürs Leben.«

Sie lachte, zog einen BH und eine Bluse über.

»Bis wir mal in einer Gesellschaft waren, mit seinen Eltern und allen möglichen Leuten. Da kriegte ich, ohne es zu wollen, ein Gespräch mit, das er auf dem Flur mit seinen Freunden führte. Ich erkannte meinen Ismail nicht wieder! So einen unglaublichen Mist hat der geredet. Da habe ich einen ziemlichen Schrecken gekriegt, weil er mich mit all seinem modernen Getue nur einfangen wollte. Beinahe wäre ich in eine Falle geraten ... Das waren nicht etwa einfache Leute, musst du wissen! Sein Papa war Rechtsanwalt, und dann so einen Scheiß ... Erschrickst du nicht manchmal auch über deine eigenen Landsleute?«

Paul knöpfte sein Hemd zu und nickte schließlich.

»Mehr und öfter, als mir lieb ist! Ich glaube, ich verstehe, was du meinst. Hast du ihn zur Rede gestellt?«

»Und ob ich das habe! Er meinte, ich sollte endlich erwachsen werden und den Realitäten unserer Traditionen ins Gesicht sehen. Man könne sich nicht gegen die ganze Gesellschaft stellen.«

»Denkst du noch an ihn?«

»Du, das war wie weggeblasen, peng, alle Zuneigung wie weggeblasen. Ich habe das selbst kaum verstanden.«

Sie strich über sein ungebügeltes Hemd.

»Irgendwann wollte ich dir die Geschichte mit Ismail ohnehin erzählen. Glaub ja nicht, alle türkischen Männer seien solche Idioten!«

Sie überredete ihn, noch am gleichen Tag den Basar zu besuchen. Es sei einfach unmöglich, in Istanbul zu übernachten, ohne den Basar zu kennen.
»Eigentlich wollte ich zuerst in den Deutschen Klub«, sagte er, »um meine patriotischen Pflichten zu erfüllen.«
»Euer Klub heißt *Teutonia*, wusstest du das? Passt das zu dir?«
»Nur, wenn du mal Lust darauf hast.« Er grinste sie an.
In einem dichten Menschenstrom ließen sie sich in den Basar treiben. Was Paul hier sah, roch und fühlte, war voller Licht und Farbe, eine Welt, die nichts mit den hektischen Straßen dieser Stadt zu tun hatte oder mit sonst irgendetwas, das er kannte. Die gewaltigen Mauern schienen seit Jahrtausenden hier zu stehen und für immer diese sonderbare Händlerwelt zu beschützen. Es roch süßlich und herb nach Kräutern und Gewürzen, in anderen Gängen nach Leder und Staub und geheimnisvollen Dingen.
Leyla wollte ihm einen Gürtel kaufen. Sie suchte lange aus und war in den hinteren Räumen eines Ladens verschwunden.
Paul saß auf einem Hocker dem Geschäft gegenüber und trank süßen Tee, den ihnen der Händler gebracht hatte. Über sein Glas hinweg sah er manchmal Leyla wie eine Gestalt aus einem Traum hinter den Schleiern von Tü-

chern und Kleidungsstücken. Ihm war, als sei er aus der Gegenwart entführt, als gelte hier eine andere Zeitrechnung. Seine Sinne spielten ihm Bilder vor, die ihn verwirrten. Er versuchte vergeblich, für sich in Übereinstimmung zu bringen, dass es gleichzeitig die Keller in der Hamburger Musikhochschule gab, seine Mutter in Bergedorf in der Klinik, seinen einsamen Freund Waldemar im Wendland, Katharina und Ruth bei Konzerten in wohlhabenden Häusern oder auf albernen Betriebsfesten, seine muffige Bude in Hamburg. Dieser Ort atmete magisch und schuf Traumbilder. Ihm war, als sei er selbst wie durch einen Zeitsprung in einem anderen Jahrhundert. Mit anderen Völkern. Die Musik, die aus den hinteren Räumen der Geschäftshöhlen tönte, war die Musik geheimer Zusammenkünfte von Zauberern und Schamanen und doch auch die Musik der Feldherren und Könige, der Gesandten und des Fußvolks, die sich in ihrem Byzanz immer noch trafen und die in jeder Nacht wieder ihre Feste feierten oder Barbareien und große Kunstwerke planten. Römer? Griechen? Byzantiner? Osmanen? Veneter? Er würde lesen und fragen können, so viel er wollte, aber er würde nie alles erfassen, was hier vergangen und auf zauberhafte Weise gegenwärtig war. Er konnte nicht anders, als der Verlockung nachzugeben und sich dieser Vorstellung hinzugeben. Die Bilder blendeten so stark, dass er glaubte, über das Pflaster Pferdehufe und in den Gewölben Geschrei von Menschen, Waffengeklirr und Trommeln zu hören. Er bildete sich nicht ein, er könne das übermächtige Drehbuch entziffern, aber er saß hier und war Teil davon.

Verwirrt blickte er um sich, stand auf und erinnerte sich, mit Leyla gekommen zu sein.

Sie aßen in einem Restaurant am Bosporus. Leyla bestellte *Mehane-Pilav*, Pistazien und eine Süßspeise. Sie kam Paul süßer vor als alles, was er bisher gegessen hatte.
»Das ist gut für die Liebe.« Leyla schob ihm einen Bissen in den Mund.
Sie hatten eine freie Sicht auf die großen Moscheen und die Hagia Sophia, die sie am nächsten Tag besichtigen wollten.
Sie lebten die Tage, als wären es ihre ersten auf der Welt: jeden Marktstand, die farbigen Fische, die an der Brücke bei den Booten angepriesen wurden, die Schiffe und Boote auf dem sonnenüberfluteten Meer, die Fresken der Hagia Sophia, die atemberaubende Architektur und die blauen Kacheln der Sultan-Ahmed-Moschee. Sie fuhren auf die Prinzeninsel, und Paul sah in den Vitrinen des Sultanspalastes *Topkapı* Miniaturen, kunstvolle Handschriften, Dolche, Kacheln, Schalen, chinesisches und japanisches Porzellan aus drei Jahrhunderten von solcher Schönheit, als sei dies alles geschaffen, um die Vollkommenheit der göttlichen Schöpfung nachzuempfinden. Leyla erzählte ihm von den Geheimnissen der Haremsräume.
»Liebeskunst ist wohl die wichtigste kulturelle Leistung eures Volkes?«, fragte er scheinbar arglos seine Begleiterin. Leyla zog ihn in einer dunklen Nische an sich.
»Das war wohl mal eine hohe Kunst. Wenn ich mir die Ehen unserer verklemmten Gesellschaft heute ansehe,

könnte man meinen, es sei nicht viel davon übrig geblieben ... Du und ich, wir können ja einen neuen Anfang machen. Wie würde dir das gefallen?« Sie küsste ihn im dämmrigen Licht, das die hohen Fenster des Palastes durchließen.
»War das gerade ein Heiratsantrag?«
»Eigentlich das Gegenteil davon ...«

Sie hatten beschlossen von Istanbul direkt nach Antalya zu fahren, um am Mittelmeer zwei Tage am Strand verbringen zu können. Sie wechselten sich am Steuer ab, denn die Fahrt war ermüdend wegen der Straßenschäden, der Baustellen und der Lastwagenkolonnen, die mit Gurken, Melonen und Holz hoch beladen vor ihnen herschwankten. Das Innere des Wagens und ihre Kleidung bedeckten sich mit Staub, ihre Lippen wurden trocken und die helle Sonne schmerzte in den Augen.
Als sie die Höhen des Taurus erreicht hatten, fuhren sie durch Wälder, die nach Harz und frisch geschlagenem Holz rochen. Sie rasteten in einem Dorf, wuschen sich, tranken Tee und genossen den frischen Joghurt, den die Bauern hier selber machten und in flachen Tonschalen anboten.
»Werden wir es vor der Dunkelheit schaffen?«
»Noch eine Stunde, Pascha.«
»Was musst du in Antalya erledigen?«
»Eine lästige Geschichte«, begann sie. »Da hat vor ein paar Jahren ein türkischer Bauer, der in Deutschland Gastarbeiter war, mit einem Mädchen ein Kind gezeugt. Er

musste zum Militärdienst zurück in die Türkei und erfuhr erst von dem Kind, als er im Osten der Türkei in irgendeiner elenden Kaserne steckte. Nicht durch irgendwelche Behörden, die bei ihm anklopften, um Alimente zu fordern, sondern von seinem Freund, der noch in Deutschland lebte und ihm schrieb, er sei wahrscheinlich Vater geworden. Dieser Trottel! Statt die Sache auf sich beruhen zu lassen, fährt er nach dem Militärdienst nach Deutschland und sucht seine frühere Geliebte. Die war bei einem Verkehrsunfall ums Leben gekommen und hatte schon Jahre zuvor das Kind, einen Jungen, in ein Heim gesteckt. Es soll irgendwie stark behindert sein, keine Ahnung. Der Mann setzte nun alles in Bewegung, um das Kind zu finden und es mit in die Türkei zu nehmen. Da seine Vaterschaft ungeklärt und das Kind ein deutsches Kind war, wurde das abgelehnt, versteht sich. Da hat er es entführt und in die Türkei gebracht. Keiner weiß, wie, denn das Kind hatte weder Papiere noch einen Pass. Vermutlich ist er mit dem Auto gefahren und hat es im Kofferraum über alle Grenzen geschmuggelt. Oder er hat sich den Pass eines anderen türkischen Kindes ausgeliehen, um über die Grenzen zu kommen. Bei Kindern gucken die nie so genau.«

»Und was sollst du machen?«

»Es abholen!«

»Ist das nicht Sache der türkischen Polizei?«

»Das ist schon richtig. Aber in dem Fall hat sich die deutsche Botschaft mit den Türken verständigt, dass sie das in die Hand nimmt. Die Eltern dieses Türken, bei denen das Kind lebt, werden sich wahrscheinlich nicht weigern, es herauszugeben. Vielleicht sind sie sogar froh, es loszuwerden, wenn es behindert ist. Also besteht keine Notwendigkeit, mit der Polizei anzurücken.«

»Wie ist es behindert?«

»Keine Ahnung, es war in einem Heim für ›Schwachsinnige‹. Die deutschen Behörden haben sich erst sehr spät gemeldet. Vermutlich hatten sie keine Personalien des vermeintlichen Vaters und Entführers. Der Junge war einfach weg und wurde als vermisst gemeldet. Irgendwie hat ein eifriger deutscher Schnüffler wohl eines Tages herausbekommen, wo er steckt. Jetzt bestehen sie auf Rückführung, denn, so heißt es in den Papieren, es sei ein deutsches Kind und außerdem sei es ohne psychiatrische Behandlung gefährdet.«

»Was macht ihr in Ankara mit dem Kind?«

»Wir setzen es in ein Flugzeug nach Düsseldorf, und ab. Wir sind aber noch gar nicht sicher, ob ich es finde und ob ich es mit dem Auto transportieren kann. Kann auch sein, dass wir einen Krankenwagen brauchen, das müsste ich dann in Antalya organisieren.«

»Wo ist es jetzt?«

»In einem kleinen Kaff namens Yeniköy. Ich bin noch nie da gewesen, aber es soll irgendwo an der Straße von Antalya nach Elmalı liegen.«

Paul sah sie amüsiert an:

»Sei ein bisschen sparsamer mit dem Wort Kaff, vielleicht tust du damit dem armen Yeniköy Unrecht. Es ist kein sehr freundliches Wort.«

Weit unter ihnen kam Antalya mit seinen dunkelroten Dächern und dem *Yivli*-Minarett in Sicht. Leyla warnte ihn vor allzu großen Erwartungen.

»Pascha, du kommst jetzt nicht nach Hawaii mit weißen Stränden und Hulahula. Die Stadt ist sehr schön, aber sie hat eine Steilküste und den langen Strand Konyaaltı voller Kieselsteine. Und Haifische soll es auch geben.«

»Aber wenigstens einen Blumenkranz darf ich dir um den Hals legen?!«

»Du solltest mir lieber noch einmal ein Konzert geben, wie du das in Akçakoça getan hast.«

Sie lächelte ihn an und hätte beinahe eine scharfe Kurve verpasst. Er hatte sich bei ihrem wilden Lenkmanöver den Kopf an der Türe gestoßen.

»Wenn wir hier lebend rauskommen, meine Schöne«, sagte er, »können wir auch noch ganz andere Konzerte erfinden ...«

Die Straße führte jetzt in sanften Kurven ins Tal, weit unten glänzte das Meer in der Abendsonne. Sie fuhren durch Baumwoll- und Gemüsefelder, wo noch Bauern arbeiteten und sich an den Bewässerungsanlagen zu schaffen machten. Hinter ihnen verbarg sich der Taurus ihren Blicken im blauen Abendnebel.

Sie waren beide müde von der Reise und stiegen mit steifen Gliedern aus dem Auto. Sie klopften den Staub von ihren Kleidern, bevor sie das Hotel betraten. Sie bekamen ein Zimmer mit Blick auf den Park an der Steilküste und duschten gemeinsam.

Unten am Hafen fanden sie ein winziges Restaurant. Von

ihren Stühlen aus sahen sie ein paar Zimmerleuten zu, die an neuen Booten arbeiteten. So wie hier hat man schon vor hundert Jahren Fischerboote gebaut, erklärte Leyla mit sichtlichem Stolz. Jedes Stück wurde von Hand gearbeitet, eingepasst und mit Holzstiften befestigt.

Später stiegen sie die steile schmale Straße hoch und genossen den Ausblick auf die nächtlich schwarze Bucht. Ein Passagierschiff war eingelaufen, die *Güneysu*, und ankerte weit draußen, erleuchtet von unzähligen Lichtern. Boote fuhren hin und her, mit Lampen am Bug. Das Wasser war schwarz und der Schein der Lichter glitzerte wie auf einem Spiegel. Später öffnete sich der Sternenhimmel. Leyla und Paul gingen ins Hotel und schliefen bald ein, ungeachtet des nicht abreißenden Lärms der Straße. Nur als die *Güneysu* das dröhnende Signal zur Abfahrt gab, wachten sie noch einmal auf.

Teil 3

Das Konzert

12

Rauf Karpat war elend zumute. Um sich abzulenken und um einen klaren Kopf zu bekommen, ging er stundenlang durch die Felder. Wer ihn ansprach, fand ihn mürrisch und gereizt. Was sollte er seinen Nachbarn von seinem Unglück erzählen? Wer konnte ihm helfen? Sollte er mit dem Imam sprechen? Der würde nur kluge Sprüche für ihn bereithalten, die ihm nicht weiterhalfen. Wäre doch Asaf da. Aber vielleicht würde das alles noch viel schlimmer machen. Er kannte Asaf, der würde vielleicht Dummheiten machen, sich gegen die Obrigkeit stellen.

Er dachte an seinen unglücklichen Großvater Hasan, der es gewagt hatte, die Ziegen des Großgrundbesitzers von seiner eigenen Weide zu vertreiben. Die Soldaten waren gekommen und hatten die Familie mit ihrer wenigen Habe aus dem Dorf gejagt. Fast ein Jahr lang war er mit Frau und Kindern heimatlos durch den Taurus gezogen, bis er in Yeniköy wieder einen ärmlichen Anfang machen konnte. Nein, gegen die Obrigkeit war man machtlos. Er würde gehorchen und nichts aufs Spiel setzen.

Das Kind sei ein deutsches Kind, hatten sie geschrieben. Er hatte sich den Brief immer wieder vorlesen lassen. Gut, es war ein deutsches Kind, aber es war Asafs Sohn und sein Enkel, also war es auch ein türkisches Kind! Weiter hatten sie geschrieben, das Kind brauche psychiatrische Behandlung, die in der Türkei nicht gewährleistet sei. Er verstand

es nicht und der Mann vor dem Postamt, der ihm den Brief vorlas, verstand es auch nicht. Niemand schien je von einer psychiatrischen Behandlung gehört zu haben.
Was wollten sie? Der Junge war gesund. Er würde ein guter Hirte werden, ein guter Bauer. Ja, er war am Anfang etwas seltsam gewesen, hatte in der Ecke gesessen, manchmal um sich geschlagen oder nicht gesprochen. Er ist schüchtern, hatte Ayşe gesagt, und er hatte es bestätigt, ja, der Junge sei schüchtern. Und vielleicht müde. Kein Wunder nach der langen Reise im Auto. Kein Wunder, wenn man von weit her in ein fremdes Land zu fremden Leuten kommt.
Aber er hatte sich nach und nach verändert. Ayşe hatte ihn, wenn er abweisend auf seinem Bett hockte, einfach an die Hand genommen und war mit ihm stundenlang durch die Felder gewandert. Sie hatte ihm gezeigt, wo ihre Kürbisse und Gurken wuchsen und wo man bald Oliven ernten würde. Sie war mit ihm in den Geräteschuppen gegangen und hatte ihn zusehen lassen, wie sie den Käse zubereitete, und ihn aufgefordert, ihr zu helfen. Er hatte zu Anfang viel Milch verschüttet, das ist wahr, aber Ayşe hatte kein böses Wort gesagt, sondern ihn gelobt. Nach der unglücklichen Nacht, die sie nie vergessen würden, war es immer besser mit ihm geworden. Bald war er mit Ali, den Hirtenjungen und den Schafen in die Berge gezogen und hatte den Überfall der Wildschweine wie ein Held überstanden.
Nun würde jemand das Kind abholen. Das hatten sie geschrieben. Rauf hatte nicht geantwortet. Was soll man

darauf antworten? Ja, holt ihn ab?! Sollte er das schreiben? Wir wollen ihn, unseren Liebling und das Glück unseres Alters, loswerden?! Wir wollen Asafs Stolz und unseren Augapfel so einfach weggeben?!

Ayşe hatte seit Tagen nicht mehr gesprochen. Sie hatte ihm nur gesagt: »Du musst das entscheiden. Wenn du keinen Ausweg siehst, fügen wir uns in Allahs Willen.« Nun sprach sie nicht mehr und das war schlimm für ihn. In diesem Unglück musste er mit ihr sprechen, es mit ihr teilen. Er trat zornig gegen einen Kürbis, der in Stücke sprang. Wohin sollte er mit seinem Schmerz und seinem Zorn? Vielleicht kommen sie heute schon, vielleicht morgen. Der Brief war vor einer Woche gekommen, geschrieben von einer Behörde in Ankara. Das war der erste Brief in seinem Leben, der aus Ankara kam. Als er den Umschlag sah, hatte er schon geahnt, dass er nichts Gutes bringen würde. Dann war er zum Postamt gelaufen:

»Yusuf, lies mir diesen Brief vor, aber langsam, damit ich alles verstehe!«

Der Schreiber hatte langsam vorgelesen und ihn mitleidig angesehen, aber Rauf Karpat hatte ihn angefahren:

»Hast du dich nicht geirrt? Lies noch einmal, noch langsamer. Es ist ein Brief aus Ankara, von der Regierung, von der deutschen Botschaft. Siehst du nicht den Briefkopf? Das darf man nicht auf die leichte Schulter nehmen. Los, du Dummkopf!«

Der Mann wollte für den Dienst kein Geld nehmen, aber Rauf Karpat bestand darauf, zu bezahlen.

Der Weg führte ihn in der Dämmerung wieder zu seinem

Haus. Die Herde war zurückgekehrt, die Schafe blökten im großen Gatter und die Jungtiere spielten ausgelassen in den letzten Sonnenstrahlen. Ayşe gab den Hirtenjungen ihren Tagelohn. Iskender saß mit ihnen auf dem Leinentuch, das über ein Bündel Stroh gebreitet war, und aß eine Gurke mit frischem Brot. Wie gut er ihre Sprache gelernt hatte! Wie gern Ayşe es hörte, wenn er sie *babanne* nannte. Wie sehr Ayşe ihn liebte, und deshalb äußerte sie ihre Trauer nicht laut. Er wusste, sie tat es, um ihn, Rauf Karpat, zu schonen und um nicht alles noch schlimmer zu machen. Wer hat uns dieses Elend geschickt? Was wusste die Regierung in Ankara von diesem Jungen? Was wollte die deutsche Regierung mit Alexander machen? Eine Therapie! Er spuckte aus und ging hinter das Haus. Die Abendsonne schien auf sein faltiges Gesicht und er strich voller Wut seinen Schnurrbart. Wie oft hatte er Allah sein Leid vorgetragen! Er möge den Brief ungeschehen machen, das sei doch eine Kleinigkeit bei seiner Macht und angesichts des Elends, das er anrichtete. Wie sollte Rauf seinem Sohn Asaf unter die Augen treten, wenn er kommen würde, um seinen Sohn zu sehen? Kann ein Sohn nicht erwarten, dass sein Vater gut auf sein Kind aufpasst? Asaf liebte den Jungen und hatte seinen Eltern eingeschärft, gut auf ihn aufzupassen. Das wäre nicht nötig gewesen, das wusste Asaf. Aber es war schön gewesen, sich gegenseitig zu bestätigen, dass man eine gemeinsame Sorge hatte.

Rauf ging ins Haus und goss sich einen großen Rakı ein, größer, als er ihn jemals in einem Zug getrunken hatte. Nun stand das Unglück auch zwischen ihm und Ayşe. Er nahm noch einmal einen Zug aus der Flasche. Er stellte sie weg, denn mit der Hitze des Alkohols stieg nur der Zorn in ihm empor und er wusste nicht, wo er ihn lassen sollte.

In dieser Nacht schlief das Paar nicht. Gegen Mitternacht begann er mit Ayşe zu sprechen und war froh, dass sie antwortete.

»Wenn sie vielleicht morgen kommen ...«, begann er und hielt inne. Alexander schlief in seinem Bett. Sie konnten sein ruhiges Atmen hören und sahen im Mondlicht die Umrisse seines Körpers. Gewachsen war er.

»Er ist stark geworden in diesen Monaten.«

»Ja, er wird ein guter Mann werden, wie unser Asaf.«

»Wie er mit den Schafen umgehen kann. So ein Stadtjunge! Das hat man noch nicht gesehen, wie schnell er das gelernt hat.«

»Was meinst du, wie er eines Tages mit Asaf alles gemeinsam macht. Zwei starke Männer ...«

»Sag das nicht, Ayşe, es tut zu weh ...«

»Man muss die Hoffnung behalten, Rauf Karpat«, sagte sie.

»Ich habe mir alles hundertmal durch den Kopf gehen lassen. Warum finde ich keinen Ausweg? Bin ich etwa ein Dummkopf?«

»Es ist noch gar nichts verloren, Mann. Erinnerst du dich nicht, wie Asaf uns gesagt hat, er würde bald als Vater anerkannt werden? Er hat doch mit der Regierung in Deutschland darüber gesprochen!«

Sie schwiegen. Sie wussten beide nicht, was das hieß, *als Vater anerkannt werden*. Gäbe es nur jemanden, der ihnen das erklären konnte. Ein Vater ist ein Vater, was soll da anerkannt werden? Wer hatte je verlangt, dass Rauf als Vater von Asaf anerkannt würde? Asaf war der Vater und benahm sich wie ein Vater.

Sie hatten vieles nicht verstanden, was Asaf ihnen erklärt hatte. Was war das für eine Mutter, von der er gesprochen hatte? Sie hatten ihn gefragt: Warum bringst du sie nicht mit? Warum besucht uns unsere neue Tochter nicht?

Er hatte ausweichend geantwortet, sie habe einen Unfall gehabt und sei gestorben. Nicht mal ein Foto konnte er vorzeigen. Nein, von der Frau wollte er nichts erzählen, das hatten sie wohl gemerkt. Sie waren nicht in ihn gedrungen. Er war nicht mehr der einfache Schafhirte, der einst nach Deutschland aufgebrochen war. Er war ein Mann mit eleganten Kleidern, der bald mit einem eigenen Auto zurückkommen würde. Ja, er hatte es zu etwas gebracht und sie waren stolz auf ihren Pascha. Aber dass er nicht glücklich war, hatten sie auch gespürt. Auch Rasih war anders als sonst gewesen, viel schweigsamer. Er hatte sie nur kurz begrüßt und war mit seinem Auto zu seiner Familie gefahren. Das kann man ja verstehen. Aber sie hatten ihn erst wieder gesehen, als er nach zwei Tagen Asaf abgeholt hatte, um nach Deutschland zurückzufahren. Er war einem Gespräch mit ihnen aus dem Weg gegangen und sie hatten nicht in ihn dringen wollen. Er war ja ein erwachsener Mann.

Das war jetzt sieben Monate her und sie hatten an nichts Böses gedacht. Bis der Brief kam.

»Asaf ist ja in Deutschland. Also ist unser Iskender dort

nicht allein. Er erfährt doch, dass der Junge kommt, oder? Wir sollten uns nicht zu viele Sorgen machen. Es gibt Dinge, die sind nicht so einfach wie andere, das weiß jeder. Wenn man einen Sohn in Deutschland hat, dann kommen Probleme, die man nicht so leicht versteht. Das ist doch klar, oder?«

»Es ist gut, mein Rauf, dass du das so siehst. Wir haben immer rechtschaffen gelebt und auf Allah vertraut. Allah ist auch bei den Menschen in Deutschland, er wird schon wissen, was gut für ihn ist.«

»Sie haben vielleicht einen anderen Gott.«

»Es gibt nur einen Gott.«

Sie nahm seine Hand unter der Bettdecke.

»Am besten, ich schreibe morgen einen Brief nach Deutschland«, überlegte er, »damit Asaf alles weiß und es nicht von fremden Menschen erfährt.«

»Das ist eine gute Idee, Mann. Schreibe du ihm alles auf.«

Am nächsten Morgen, nachdem Ali mit den Jungen und der Herde in die Berge gezogen war, ging Rauf zum Postamt und wartete, bis der Schreiber frei war.

»Schreib einen Brief an meinen Sohn«, er holte einen Zettel aus der Tasche, »hier ist die Adresse. Und schreib genau, was ich dir sage, Yusuf.«

> Mein lieber Sohn Asaf Karpat,
> deine Mutter ist wohlauf und die Schafe sind an diesem Morgen vollzählig in die Berge gezogen. Es entwickelt sich alles zum Besten. Wenn wir Glück haben, werden

wir im nächsten Jahr dreißig Schafe mehr besitzen, denn die Jungen gedeihen gut. Wenn der Fastenmonat kommt, können wir einige verkaufen. Auch auf dem Feld ist alles bestens, die Kürbisse sind dick wie die Bäuche schwangerer Frauen.

Nun ist von einem Unglück zu berichten, das uns sehr schmerzt. Von der Regierung haben wir einen Brief erhalten, in dem angekündigt wird, dass unser Iskender nach Deutschland zurückmuss. Wir wissen nicht, warum. Sie schreiben, es sei ein deutsches Kind und brauche eine Behandlung, mit irgendwas davor, was keiner hier versteht. Deshalb müsse es nach Deutschland zurück und sie würden es bald abholen. Nein, Iskender ist noch bei uns und es geht ihm sehr gut, aber du sollst wissen, was zu erwarten ist, damit du dich in Deutschland um ihn kümmern kannst. Es wäre besser, ich hätte andere Nachrichten für dich, mein Sohn. Aber einer Anweisung der Regierung muss man folgen und auf Allah vertrauen. Deine Mutter schickt dir viele Küsse und Umarmungen.

Dein dich liebender Vater Rauf

Yeniköy, am 5. September

Rauf ließ sich den Brief noch zweimal vorlesen. Dann verschloss er ihn und brachte ihn an den Schalter.

»Dieser Brief ist ein sehr eiliger Brief nach Deutschland«, schärfte er dem Beamten ein. »Kleb so viele Marken darauf wie nötig, dass er möglichst schnell ankommt! Ich mache dich dafür verantwortlich.«

13

Leyla und Paul verbrachten den Tag am steinigen Strand von Antalya auf der Veranda eines der Ferienhäuschen, die Leuten aus der Stadt gehörten und zu dieser Jahreszeit meist unbenutzt waren. Der Strandwärter hatte ihnen gegen ein Trinkgeld das Haus geöffnet und ihnen eingeschärft, ja nichts zu berühren oder zu verändern. Die Besitzer aus Ankara würden sonst ganz sicher seine Entlassung fordern. Sie hatten den Mann mit einem weiteren Schein beruhigt. Sie wussten, dass es schon einer ihrer letzten gemeinsamen Tage war, aber sie sprachen nicht darüber. Sie tranken Wein und aßen dazu *Simit* und Schafskäse. Der Strand war fast menschenleer, nur eine alte hagere Malerin aus Frankreich saß mit ihrem Zeichenblock vor einer der Hütten. Ein junger deutscher Buchhändler, der sie linkisch begrüßt hatte, sah ihr über die Schulter.

Leyla und Paul hatten sich von ihnen fern gehalten, sie hüteten jede Stunde ihrer Zeit und des letzten Tages in dieser Stadt. Aber sie konnten nicht das verdrängen, was sie anging.

»Was wird, wenn du wieder in Deutschland bist?«

Leyla lag auf einer Wolldecke und blickte zu ihm auf.

»Ich will nicht daran denken. Sag einfach, dass du mitkommst, dann ist alles in Ordnung.«

Sie richtete sich auf und sah schweigend in den roten

Sonnenball, der schon halb hinter dem Gebirge versunken war.

»Ich sag dir jetzt, was los ist, mein Pascha.« Er erschrak ein wenig bei diesen Worten. Sie fuhr fort:

»Einen Mann wie dich habe ich noch nie kennen gelernt. Bilde dir darauf ja nichts ein! Ich will nur sagen, dass du für mich der richtige Mann bist. Dich will ich haben. Wenn es geht, für immer.«

»Das habe ich mir so gewünscht, dass du das sagst. Vermutlich habe ich das vom ersten Augenblick an gehofft, als wir uns gesehen haben.«

»Nun mach keine Scherze, bitte!« Sie war aufgestanden und stand jetzt vor ihm. Das rote Licht der untergehenden Sonne spielte in ihren Haaren.

»Du solltest inzwischen wissen, wann ich ernst bin und wann nicht!« Er lächelte und versuchte trotz des Gegenlichts ihren Gesichtsausdruck zu erkennen.

»Sprich weiter!«, forderte sie ihn auf.

»Komm mit mir nach Deutschland. Oder lass uns etwas überlegen, damit wir nicht lange voneinander getrennt sind.«

»Und was könnte das sein?«

»Ich könnte in Ankara weiterstudieren. Als eine Art Gaststudent. Immerhin hat auch Paul Hindemith in Ankara gelernt und gelehrt.«

»Hinde-wie? Nie gehört. Aber egal. Die Idee ist nicht schlecht ... Wenn wir eine Lösung wollen, dann finden wir auch eine, meinst du nicht?«

Er stand auf und strich über ihr Haar. Es war fast dunkel

geworden, am Ufer zog eine kleine Herde von Kühen und Eseln vorbei, wie eine einsame Prozession. Paul nahm ihre Hand und zog sie mit sich.
»Wir reden auf der Fahrt nach Ankara weiter darüber. Komm!«, er öffnete die Türe, »mir ist jetzt nach einer ganz anderen Lösung.«
Er zog sie in das Häuschen, in dem sie nichts verändern sollten, und sie schlossen die Türe sorgfältig hinter sich ab.

Sie brachen früh auf. Die Straße nach Yeniköy war nicht mehr als ein löchriges Gebilde und Leyla musste ihre ganze Konzentration und Fahrkunst aufbieten. Der Weg führte in die Berge und wurde kurvenreich. Manchmal fuhren sie auf schmalem Grat an unbefestigten Abhängen, die Hunderte Meter steil in die Tiefe gingen. Sie hielten ein paarmal, um den Ausblick zu genießen.
Als die sie schwierigsten Bergpässe hinter sich hatten, blickten sie auf eine fruchtbare Hochebene. Die Stoppelfelder waren gelb und verbrannt und wurden von Schafherden abgeweidet. Die Bauern ernteten Kürbisse, Gurken und Bohnen. Eselskarren standen geduldig am Feldrand und nahmen die Reichtümer auf.
Leyla fuhr schweigend und Paul unterbrach sie lange nicht.
»Dir macht der Auftrag Sorgen, nicht wahr?«
»Woher weißt du das?« Sie sah kurz zu ihm hinüber.
»Ich sehe es dir an. Ein bisschen kenne ich dich schon.«
Sie lachte.
»Was soll's, ich tu mein Bestes und habe schließlich nichts zu entscheiden.«

»Befürchtest du Schwierigkeiten?«

»Eigentlich nicht. Die Bergbauern sind einfache, freundliche Leute. Wenn es ihnen nicht gefällt, dass wir den Jungen mitnehmen, tut es mir Leid, aber sie werden nicht mich dafür verantwortlich machen können.«

»Das dürfen sie auch nicht«, sagte Paul.

»Denkst du noch an unser Gespräch von gestern?«

»Ich denke an nichts anderes und mache mir Sorgen. Ich möchte dich nicht verlassen.«

»Du weißt, ich habe auch meinen Job hier. Es war nicht leicht, ihn zu kriegen. Und meine Unabhängigkeit bedeutet mir viel.«

»Was verdienst du in der Botschaft?«

»Sie zahlen nicht schlecht, aber diesen Wagen könnte ich mir davon nicht leisten, das steht fest.«

»Und wie bezahlst du ihn dann? Du hast keinen reichen Ehemann und ab sofort auch keinen reichen Freund. Vom Geld deiner Mutter?«

Leyla steckte sich ein Kaugummi in den Mund.

»Nein, nein. Die hat selber nicht viel. Wahrscheinlich bist du ja nur ein gerissener Heiratsschwindler und willst es deshalb wissen. Aber nun stecke ich schon mal drin ...

Das ist eine ungewöhnliche Geschichte. Im achtzehnten Jahrhundert war der Großwesir des Sultans, es war Mahmud I. Halil Hamit Pascha. Er ist einer meiner Vorfahren und stammte aus einer christlichen albanischen Familie. Die hohen Beamten waren selten Türken, sondern begabte Ausländer und unbestechlicher als Männer mit eigener

Hausmacht. Halil Hamit war ein hervorragender Verwaltungsmann.

Nach den verlorenen Kriegen gegen Russland und Habsburg trat er vor den Sultan: Es sei künftig nicht zu verantworten, das Land und die notwendigen Kriege ohne einen ordentlichen Staatshaushalt zu verwalten.

Der Sultan saß auf seinem neuen protzigen Thron, dem Geschenk eines indischen Maharadschas, und hörte sich das alles in Ruhe an. Als Halil Hamit geendet hatte, stand er auf, ging einen Augenblick lang auf und ab und befahl seiner Leibwache, seinen Großwesir zu enthaupten. Und er nannte seinem höchsten Beamten zwei Gründe dafür: Du glaubst nicht an meine Genialität und du glaubst nicht, dass Allah auf unserer Seite ist.

Wenn ein hoher Beamter enthauptet wurde, fiel sein ganzes Vermögen an den Sultan. Aber dieser kluge Urahn muss geahnt haben, dass riskant war, was er da machte. Er hatte, bevor er zum Sultan ging, eine *Stiftung zum Ruhme Allahs* gegründet und damit dem Sultan den Zugriff auf sein Vermögen verwehrt. Mit dem Beginn der Republik wurden die Vermögen solcher Stiftungen den Familien der Nachkommen zugesprochen. Von den Erträgen bekommt der Staat ein Drittel als Steuer, ein weiteres Drittel wird investiert und das letzte Drittel aufgeteilt. So bleibt für jeden etwas. Es ist nicht viel für den Einzelnen, erlaubt uns aber ein bisschen Luxus.«

Sie fuhren langsam in den Ort und hielten vor der Post. Als Leyla ausstieg und auf den Schreiber zuging, sprang er auf, riss sich die Mütze vom Kopf und versuchte ihre Hand zu küssen. Sie fragte nach Rauf Karpat.

»Bis zum Ende des Dorfes, *effendim*, es ist das letzte Haus. Wenn man schon meint, es komme keines mehr, in dem Augenblick sehen Sie es. Auf der linken Seite. Es ist weiß gestrichen und rundherum mit Blumen geschmückt. Sehr zu Diensten, gnädige Frau.«

Sie stieg ein.

»Was war das denn für eine Zeremonie? Als wenn Königin Victoria einen Untertan trifft. Kannte dich der Mann?«

»Wir haben uns nie gesehen. Aber so ist das bei uns. Die einfachen Leute vom Land wissen sofort, wenn jemand aus der oberen Klasse stammt – oder was man so dafür hält. Und dann küssen sie uns die Füße, als wären wir noch in den Zeiten der Sultane.«

»Und, bist du damit einverstanden?«

»Nein, aber ich kann es nicht ändern. Sie kennen es nicht anders, ein Erbe der Zeit, als die Großgrundbesitzer in diesem Land noch alles bestimmten und die landlosen Bauern wie Leibeigene hielten. In einigen Teilen der Türkei ist das noch immer so ... Ich konnte ihm ja schlecht auf die Finger klopfen.«

Sie gingen in ein Café, um Tee zu trinken und etwas Gebäck zu essen. Sie zögerten die Abfahrt hinaus, denn es waren ihre vermutlich letzten Minuten, die sie auf dieser Reise allein für sich haben würden.

14

Es war nicht schwierig, das Haus zu finden. Sie parkten am Straßenrand. Leyla klopfte an die Tür. Es war niemand zu sehen. Sie ging um das Haus herum und blickte durch ein Fenster. Sie sah eine Frau, die einen Jungen zwischen den Knien hatte und ihn kämmte. Er war schlank und hatte dichtes dunkles Haar. Der Junge war fein angezogen. Aus der grauen Jacke blinkten weiße Hemdsärmel. Die Frau schien mit dem Jungen zu reden, denn er lachte und verzog das Gesicht zu einer lustigen Grimasse. Leyla klopfte vorsichtig an die Scheibe und die Frau sah auf. Sie öffnete die Tür.

»Sie kommen, um den Jungen zu holen.«

Leyla nickte, gab der Frau die Hand und küsste ihre Wange.

»Ja, *nine*, wir wollen ihn mit nach Ankara nehmen. Sie wissen das schon. Wir werden gut auf ihn aufpassen.«

»Mein Mann Rauf Karpat wird gleich wieder hier sein, er ist gar nicht weit fort. Können Sie solange warten, bitte?«

»Wir sind nicht eilig. Lassen Sie sich Zeit. Woher wussten Sie, das wir heute kommen würden?«

»Man hat uns vor einer halben Stunde aus dem Dorf Nachricht gegeben. Die Leute wissen, dass unser Iskender abgeholt wird und nach Deutschland reist. Hier in dieser Tasche haben wir alles eingepackt, was er für unterwegs braucht. Seine Kleider und das, was er gerne mag. Hier ist

Brot und weißer Käse, und Gurken isst er gern und Oliven. In Deutschland wird er das nicht bekommen, glaube ich. Und einen Kuchen habe ich für ihn gebacken.«
Leyla winkte Paul, in das Haus zu kommen. Er musste sich durch die niedrige Tür bücken. Sein Blick fiel auf zwei Saiteninstrumente von unterschiedlicher Größe. Sie hingen an der Wand, dem steinernen Ofen gegenüber. Er hätte sie gern in die Hand genommen und ihre Töne gehört.
Die Frau bot ihnen an, Tee zuzubereiten, aber sie lehnten ab. Ob sie einen Rakı trinken würden. Nein, das vertrüge sich nicht mit dem Autofahren, aber ein Glas Wasser, das wäre gut.
Die Frau lief zum Brunnen und holte Wasser. Die Becher waren aus abgegriffenem Blech, das Wasser kühl und frisch.
Während die Frau beschäftigt war, saß der Junge still auf einer Bank und betrachtete ungeniert die Fremden. Er ließ die Beine herunterbaumeln und summte etwas vor sich hin. Paul sprach ihn auf Deutsch an.
»Wir werden zusammen eine Reise machen, weißt du das?«
»Ja.«
»Das da ist eine große Tasche, die deine Großmutter für dich gepackt hat.«
»Ja, das ist eine große Tasche. Mit Sachen für mich.« Alexander sprach, ohne zu stocken.
»Wir werden unterwegs auch in einem Restaurant essen, damit deine Sachen nicht so schnell aufgegessen sind.«
»Ich nehme alles mit nach Deutschland.«
Der Raum verdunkelte sich, als Rauf Karpat eintrat. Er

versuchte Leylas Hand zu küssen, aber mit vielen Worten hielt sie ihn davon ab. Sie nannte ihn Rauf-*Bey* und nahm ihm seine Verlegenheit. Paul hätte ihn gerne nach den Instrumenten gefragt, aber der Mann schien zur Eile zu drängen. Unaufgefordert trug er die Tasche zum Auto und stellte sie auf die hinteren Sitze. Paul sah sein versteinertes Gesicht. Dieser Mann überspielte den Abschiedsschmerz auf seine Weise. Paul fühlte sich beklommen.

Sie gaben der Frau die Hand und gingen zum Wagen. Rauf Karpat kam wenig später mit dem Kind. Die Frau war über den Hof in den Geräteschuppen gegangen und kam nicht wieder. Rauf ging mit dem Jungen ein paar Meter abseits. Sie sahen, wie er beide Hände auf seinen Kopf legte, und hörten, dass er etwas sagte, aber sie verstanden seine Worte nicht. Sie sahen auch, dass er ihn noch einmal umarmte. Dann kam er zum Auto und hob den Jungen auf den hinteren Sitz. Er ging um das Auto herum und sagte durch das offene Fenster zu Leyla:
»Wenn es Allahs Wille ist, soll der Junge nach Deutschland reisen. Er wird wissen, wo er ihm am nächsten ist. Aber Iskender wird es nirgendwo auf der Welt so gut haben wie bei uns.«
Er drehte sich um und verschwand im Haus, ohne noch einmal zurückzublicken.

Der Wagen setzte sich langsam in Bewegung, sie fuhren schweigend bis zur Landstraße, die sie zur Hauptstadt bringen würde.

»Schaffen wir es heute bis Ankara?«
»Wenn wir wollen, ja. Aber was meinst du, wenn wir unterwegs noch einmal übernachten. Vielleicht in Afyon, das ist die Hälfte der Strecke.«
»Hast du so viel Zeit?«
»Ich werde in der Botschaft anrufen und ihnen sagen, dass alles glatt gegangen ist und wir den Jungen mitbringen. Sie werden schon einverstanden sein. Ich muss ihnen ja nicht auf die Nase binden, dass ich mit dir unterwegs bin.«
»Warum denn nicht?«
»Weil die Deutschen sonst den Glauben an die Moral der Türkinnen verlieren. Übernimmst du mal das Steuer?«
Sie hielt an und setzte sich auf den Beifahrersitz, um mit dem Jungen auf Türkisch zu reden.
Paul nahm nur wahr, dass der Junge auf Leylas Fragen zuerst sehr einsilbig mit Ja oder Nein antwortete. Dann schien sie etwas gefragt zu haben, das ihn aus seiner Reserve lockte. Er sprach fast fünf Minuten lang und unterstrich, was er sagte, mit lebhaften Handbewegungen. Im Innenspiegel sah Paul sein Gesicht, es war vom Erzählen leicht gerötet, seine Mimik war jetzt lebhaft.
»Er erzählt von der Arbeit mit den Schafen und Ziegen und von ihrem Hirten Ali, wie sie am Fluss einen Luchs gestellt haben, und von seinem Leben mit den Großeltern«, flüsterte ihm Leyla zu. Sie wandte sich wieder dem Jungen zu und sprach weiter mit ihm.
Nach etwa zwei Stunden schien Alexander müde zu werden. Leyla schob ihm die Tasche zurecht, damit er sie als

Kopfkissen benutzen konnte, und deckte ihn mit einer Wolldecke zu. Er war sofort eingeschlafen.
Sie unterhielten sich leise, um ihn nicht zu stören.
»Er hat erzählt, er sei in Deutschland in einem Heim mit anderen Kindern gewesen. Zuerst in einem, wo es ihm gar nicht gefallen hatte. Dann kam er in ein anderes Heim, wo er nichts auszusetzen hatte, wie er sagt. Eines Tages sei dann sein Vater gekommen und habe ihn von da an regelmäßig besucht.
Es ist erstaunlich, wie klar er von allen Dingen erzählen kann, die ihm passiert sind. Sogar von seinem Bett im Schlafzimmer der Großeltern hat er erzählt. Als er von den Schafherden, von seinem Freund Mehmed und den anderen Jungen gesprochen hat, war er voller Begeisterung. Schade ...«
Sie waren jetzt schon hoch im Taurusgebirge. Die Straße war wenig befahren.
»Hat er von seiner Entführung erzählt?«
»Ich habe ihn nicht fragen mögen. Kannst du das verstehen?«
»Und ob ich das verstehe. Das geht uns auch nichts an.«
Paul zündete sich eine Zigarette an und öffnete ein Seitenfenster.
»Es ist schon ein starkes Stück, ein Kind ohne Papiere über so viele Grenzen zu schmuggeln. Sie müssen es geschickt angestellt haben. Ich würde gern wissen, wie.«
»Das könnte ja nur der Vater erzählen. Ich denke, nicht einmal die Großeltern wissen Genaueres darüber.«
»Vermutlich nicht. Dass sie nicht geheult und geschrien

haben, als wir ihn wegbrachten, hat alles irgendwie noch schlimmer gemacht.«
»Es war ihre Art, damit fertig zu werden.«
»Ich hätte gut verstanden, wenn sie uns verflucht hätten.«
»Man verflucht immer den, der gerade da ist, egal ob er verantwortlich ist oder nicht.«
»Aber sie haben es nicht getan.«
»Hat er gesagt, ob er traurig ist wegzufahren?«
»Ich habe ihn nicht darauf angesprochen. Es macht keinen Sinn, ihm das Herz schwer zu machen. Wir wollen nett zu ihm sein, das wenigstens können wir für ihn tun.«
»Was machen wir im Hotel mit ihm?« Paul sah sie von der Seite her an.
Sie lachte.
»Allah, daran habe ich noch gar nicht gedacht! Wir können ihn unmöglich in ein Einzelzimmer sperren und abschließen. Nur damit wir eine ungestörte Nacht haben ...«
»Nein, das können wir nicht. Wir lassen für ihn ein Bett in unser Zimmer stellen. Schade, aber das müssen wir schon machen.«
»Schade.« Sie lächelte ihn an und lehnte sich an seine Schulter.
Nach weiteren zwei Stunden hielten sie an einer Raststätte am Straßenrand. Alexander wusste beim Erwachen nicht, wo er war, murmelte unverständliche Worte und sein Gesicht hatte einen Ausdruck, als würde er Tränen zurückhalten.
Leyla nahm seine Hand und er ließ es zu. Sie sprach wieder türkisch mit ihm und half ihm seine Schuhe anzuziehen.

Alexander wies an den Auslagen des Restaurants auf eine Schale Joghurt und nahm zwei Stück Kuchen für sich. Leyla und Paul tranken Kaffee und unterhielten sich.

»Mein Vater trinkt auch oft Kaffee. Aber er tut keine Milch hinein wie ihr.« Sie waren überrascht, dass er sich selbstständig in das Gespräch einmischte.

»Wo hast du gesehen, dass dein Vater Kaffee trinkt?«

»Auf der großen Reise. Mit Onkel Rasih und dem Opel Olympia. Manchmal haben wir eine Pause gemacht. Rasih hat oft gesungen, manchmal haben Papa und Rasih gesungen und ich sollte die Lieder lernen.«

»Da hast du viel gesehen unterwegs.«

»Ich habe meistens geschlafen. Istanbul war die schönste Stadt, die ich gesehen habe. So groß alles. Immer musste ich mit meinem Vater und dem Onkel Rasih Türkisch lernen. Immer weiter.« Er lachte und biss in seinen Kuchen.

»Kann ich mir Wasser holen?«

»Natürlich. Lauf.«

Er stand auf und ging an die Theke. Sein Kopf reichte nicht an die obere Kante. Sie sahen, wie der Mann am Tresen ihm mit einer Verbeugung ein Glas Wasser reichte. Er trug es vorsichtig an den Tisch.

»Der Mann war freundlich.«

»Was hat er gesagt?«

»Er hat mich *effendim* genannt und nicht wie zu einem Kind mit mir gesprochen.«

»Magst du nicht, wenn man zu dir wie mit einem Kind spricht?«

»Nein, meine Großeltern tun das auch nicht.«

»Du hast von Ali erzählt. Magst du ihn?«
»Der ist ganz toll. Aber er spricht wenig. Abends am Feuer erzählt er Geschichten.«
»Was für Geschichten?«, fragte Leyla.
»Ich weiß nicht, wir verstehen sie nicht. Geschichten von irgendwelchen Reisen. Aber alle wollen ihm zuhören.« Er lachte vor sich hin.
»Die anderen Kinder, die mit euch gegangen sind: Waren die nett zu dir?«
»Zuerst waren sie komisch. Aber dann wurde Mehmed mein Freund und die anderen auch, aber anders. Mehmed hat mir eine Steinschleuder geschenkt. Sie ist in der Tasche im Auto. Einmal habe ich auf einem großen Stein gestanden, und sie alle drum herum, und ich habe ein Lied gesungen, und wir haben gelacht.«
»Warum gelacht?«, fragte Leyla.
»Weil es ein deutsches Lied war! Sie – haben – es – doch – nicht – verstanden!« Er lachte wieder in Erinnerung an die für ihn komische Szene.
»Sie haben von Großvater Geld gekriegt, ich aber nicht. Großvater sagte mir, das ginge nicht, denn eines Tages würde mir alles gehören. Aber wenn ich eine Cola oder Lokkum wollte, hab ich von ihm Geld gekriegt.«
»Warst du damit zufrieden?«
Er zuckte die Schultern, als sei ihm das gleichgültig. Leyla klopfte ihm die Krümel von seiner Jacke und sie brachen auf.

Sie fanden in Afyon ein Hotel an der Hauptstraße und baten an der Rezeption, ein weiteres Bett in ihrem Zimmer aufzustellen. Paul trug ihr Gepäck eine Treppe hoch. Alexander bestand darauf, seine schwere Tasche selbst zu tragen.

Sie blieben bis halb zehn in einem Restaurant. Als sie sahen, dass Alexander müde wurde, gingen sie in ihr Zimmer und Leyla half ihm, sein Nachthemd zu finden.

»Willst du noch eine Geschichte hören?«

Alexander nickte.

»In Deutsch oder in Türkisch?«

»Wie du willst.«

Sie erzählte eine Viertelstunde lang. Paul hatte sich auf das Bett gelegt und hörte zu, auch wenn er nichts verstand. Er hätte etwas darum gegeben. Das war eine andere Leyla, eine sehr frauliche, mütterliche. Sie hatte ihre Haare streng nach hinten gebunden. Wie sie auf dem Bettrand saß, die Hand des Kindes hielt – der Anblick rührte ihn wie eine Illustration aus einem alten Märchenbuch.

Alexander war gefangen von dem, was sie erzählte. Seine Augen waren auf Leyla geheftet und seine Wangen hatten sich vor Aufregung gerötet.

»Nun schlaf ein«, sagte sie auf Deutsch. Gehorsam legte der Junge den Kopf zur Seite und schloss seine Augen. Sie deckte ihn sorgfältig zu. Nach wenigen Minuten hörten sie an seinen Atemzügen, dass er eingeschlafen war.

Auch sie legten sich nieder, denn sie mochten den Jungen nicht allein lassen. Als sie sicher waren, dass er fest schlief, flüsterten sie lange miteinander.

»Willst du eines Tages Kinder haben?«, fragte er.

»Natürlich. Und du?«

»Ich auch, zwei oder drei.«

»Ich will nur eins«, gab sie zurück, »wenn du drei hast und ich eins, dann sind das vier, oder?« Leyla sah ihn mit gespielter Neugier an.

»Das ist eine komische türkische Art zu rechnen«, entgegnete er.

»Wieso?«

»Weil ich die Kinder alle von dir will! Wenn es sein muss, vier.«

Sie lachte leise, biss ihm in die Schulter und küsste ihn.

»War das eine gute türkische Belehrung?«, fragte sie flüsternd.

»Ich vergesse alles, was ich in Deutschland je gelernt habe!«

»Vergiss sofort alle Frauen, mit denen du jemals gesprochen oder sonst was gemacht hast! Und denke nie wieder an sie! Versprich mir das!«

»Schon gut, versprochen! Und was die Kinder angeht, so hat das der Mann zu bestimmen, das müsstest du als Türkin doch wissen!« Paul lachte leise.

»In deutschen Ehen bestimmen das die Frauen, weil die Männer alle so schlapp sind«, sagte Leyla.

»Vielleicht hast du sogar Recht damit ... Erst einmal will ich dich, dann reden wir über die Kinder.«

»Alexander schläft tief«, sagte Leyla.
»Es wäre besser gewesen, wir hätten ihn in Yeniköy lassen können, oder?«
»Sicher wäre es besser gewesen.«
»Er hatte es gut bei den Leuten.«
Leyla blickte an die Decke, wo das Licht der Straße kuriose Bilder malte.
»Man muss sie gar nicht näher kennen lernen, um zu wissen, dass sie ein großes Herz haben. Und auf besondere Weise Persönlichkeiten sind. Das merkt man, glaube ich, nur den Menschen auf dem Lande so eindeutig an. In der Stadt ist das anders.«
»Ich weiß nicht«, entgegnete Paul, »wenn ich jemanden vor mir habe, sagt mir irgendetwas: Sei vorsichtig! Oder: Das geht in Ordnung. Das kennst du sicher ... Aber hier konnte man noch etwas anderes herausspüren.«
»Für mich ist sehr wichtig zu wissen, dass du auf so was achtest«, sagte sie.
»Ich habe nie gedacht, dass du *nicht* darauf achtest. Das habe ich gewusst, seit ich dich kenne, oder seit ich deine Großmutter kennen gelernt habe. Die Großeltern eines Menschen sagen viel aus über die Enkel.«
»Woher weißt du so was?«
»Aus Büchern, glaube ich. Ich habe keine Großeltern gehabt und immer andere ein bisschen beneidet. Einmal habe ich im Wartezimmer des Zahnarztes eine Geschichte gehört; da erzählte jemand von einem Jungen, der keinen eigenen Großvater hatte und sich im Altenheim einen aussucht.«
»Und? Wie ist das ausgegangen?«, fragte sie.

»Einer der alten Männer war einverstanden. Der Junge hat ihn immer besucht und der neue Großvater hat ihm beigebracht zu pfeifen.«

»Und weiter?«

»Als der Großvater starb und die Beerdigung war, hat der Junge am Grab gepfiffen.«

»Solche Geschichten habt ihr in Deutschland?«

»Gefällt sie dir nicht? Dann sag es.«

»Sie gefällt mir sehr!«

»Also, zufrieden mit mir?«

Sie legte sich halb auf ihn und griff unter sein Kinn.

»Das werden wir ja noch sehen. Deine Rechthaberei mit dem Kinderkriegen war schon hart an der Grenze.«

»Dann nimm dich in Acht, ich weiß leider wirklich alles besser.«

»Ich auch, das passt gut zusammen. – Bist du eigentlich Christ oder was?«

»Protestant. Das ist so ähnlich. Und du?«

»Rate mal!«

»Wahrscheinlich bist du, du ... Hindu?«

»Falsch. Weiter!«

»Oder du bist ... griechisch-orthodox?«

»Wieder daneben!«

»Dann bist du ... Mohammedanerin?«

»Mohammedanerin sagt man nicht! Ich bin Muslime.«

»Und was machen wir, wenn wir zusammenbleiben?«

»Wie – was machen wir ... Was sollten wir denn machen?«

Sie blickte ihn im schwachen Licht der Straßenlaterne verständnislos an und fuhr fort:

»Das geht aber nur gut, wenn du mir nicht jeden Tag in den Ohren liegst, ich solle mich taufen lassen, und du nicht dauernd in die Kirche rennst. Und nur, wenn ich nicht mit dem Kopftuch zu Bett gehe und ich dich nicht dauernd von deinem entsetzlichen Schweinebraten wegzerren muss.«

»Ich esse keinen Schweinebraten. Und in die Kirche gehe ich nur, wenn da ein Konzert ist.«

Leyla lachte leise.

»Schade! Ich finde Schweinebraten wunderbar. – Wir können das ja so machen: Wenn wir in Deutschland sind, leben wir wie Protestierer, wenn wir hier sind, wie Muslims. Okay?«

»Protestant heißt das! Was wird deine Mutter dazu sagen, deine Großmutter?«

»Keine Sorge. Für sie gelten solche Gräben zwischen den Menschen nicht. Fahriunusa geht, wenn sie in Istanbul ihren Bruder besucht, immer in die orthodoxe Kirche, weil da die Musik am schönsten ist.«

»Das ist sicher nicht typisch türkisch, oder? Vermutlich denken ja nicht alle Türken so, so – tolerant.«

Sie zögerte, bevor sie antwortete.

»Die meisten unserer Freunde denken und leben wie wir. Die Unterschiede zeigen sich hier wahrscheinlich anders als bei euch. Aber es kommt nur zu Konflikten, wenn die Leute aufgehetzt werden. Was uns da am Sakaryafluss passiert ist, ist noch etwas anderes. Durch unser Liebeslager haben wir die Sitten der Leute einfach nicht respektiert. Die Schuld lag bei mir, ich hätte es wissen müssen.

So schnell ändern sich auf dem Land nicht die Vorstellungen, die in Jahrhunderten gewachsen sind.«

»Fühlt man sich da nicht als Fremder im eigenen Land?«

»O nein! Ich habe mich nur geschämt, deinetwegen. Aber so etwas wie Steine schmeißen tun die wenigsten. Ein Rauf Karpat würde nie mit Steinen schmeißen und ist trotzdem ein guter Muslim. Die schlimmsten Fanatiker leben in der Stadt. Die gleiche Sorte gibt es leider überall in Parteien und finsteren religiösen Gruppen. Die schmeißen Steine mit Worten und hetzen die einfachen Leute auf. Die sind viel gefährlicher als ein paar aufgebrachte Bauern!«

»Hat das mit dem Islam zu tun?«

»Unsinn! Der Islam hat viel weniger auf dem Kerbholz als euer wunderbares christliches Abendland«, sagte sie ein bisschen heftig.

»Schon gut, schon gut! Bei uns kenne ich nur solche Aggressionen wie am Sakarya nicht.«

»Was sagst du da? Du glaubst doch nicht im Ernst, die deutsche Gesellschaft sei weniger anfällig für Gewalt gegen das Fremde, das Unbekannte!? Ihre politischen und was weiß ich was für Verklemmungen sind vielleicht heimlicher, und damit verlogener. Dann fliegen auch bei euch nicht nur die Steine, guck dir doch eure Geschichte an!«

»Nun reg dich nicht auf. Das habe ich ja nicht sagen wollen!« Paul war etwas ungehalten. Deutschland gegen die Türkei, Christentum gegen Islam aufzurechnen, war nicht seine Absicht gewesen. Er hatte bei Leyla eine empfindliche Stelle getroffen.

»Ich weiß, aber das wollte ich trotzdem klarstellen, weil mich eine bestimmte Sorte von Überheblichkeit bei den Deutschen aufregt. Großherzigere Menschen als bei uns die Bauern und einfachen Leute auf dem Land kann ich mir gar nicht vorstellen. Für den Fremden, für den Freund in Not, geben sie alles, was sie haben. Eine solche Haltung bei den Bauern in Deutschland zu finden, würde dir schon schwer fallen, oder?«

Paul lachte.

»Sie werden misstrauisch und ruppig, wenn sie jemanden nicht kennen. Jedenfalls da, wo ich herkomme ...«

Er nahm ihr Gesicht in seine Hände.

»Stell dir mal vor, Leyla, du wärst eine anatolische Bauerntochter, streng muslimisch und traditionell erzogen. Was wäre dann passiert mit uns?«

»Dann wäre meine streng muslimische Großmutter gar nicht erst auf den Gedanken gekommen, nach Deutschland zur Kur zu reisen und sich von einem vorlauten, blonden, bettelarmen, protestantischen Musikstudenten die Zeit stehlen zu lassen. Und ihn auch noch in die Türkei einzuladen ...! Meinst du etwa, so eine fromm-christlich erzogene Wachtel aus einem ländlichen Pfarrhaus in Baden-Württemberg würde sich mit einem muslimischen Türken einlassen?«

Sie legte den Arm um seinen Hals und flüsterte:

»Aber so, wie es mit uns gekommen ist, ist es besser. Findest du nicht?«

Während Leyla sich zum Schlafen zurechtlegte, fügte sie noch hinzu:

»Glaub ja nicht, Fahriunusa oder meine Mutter wären keine guten Muslime – so wie sie es verstehen, und das ist ihr gutes Recht! Wir haben außerdem nicht so viel formalen Kram wie die Christen, Mitgliedschaften, dauernd Bekenntnisse, Kirchensteuer oder so ein Zeugs.«
»Weil ihr das organisatorisch gar nicht auf die Reihe bringt«, sagte Paul und lachte leise.
»Kann sein, ist mir egal.«
Sie schliefen ein, als auf der Straße der Lärm nachließ. Durch das offene Fenster kam ein leichter Wind. Sie bemerkten nicht, dass der Junge einmal in der Nacht aufgestanden war, am Fuß ihres Bettes stand und sie betrachtete. Ihre Köpfe lagen zusammen und Leyla hatte einen Arm über Pauls Brust gelegt.
Still legte er sich wieder in sein Bett, zog die Decke unter das Kinn und schlief irgendwann ein.

15

Sie frühstückten im Hotel und benahmen sich, als wären sie eine Familie. Alexander schien gut geschlafen zu haben. Er griff kräftig zu und löffelte Früchte und Rührei mit Käse. Er hatte warme Milch verlangt.

Als Alexander im Bad war und Leyla und Paul im Hotelzimmer ihre Sachen einpackten, nahm er sie in die Arme.

»Was wird, wenn wir wieder in Ankara sind?«

»Ich weiß es nicht. Du bleibst doch noch ein paar Tage?«

»Ich wollte noch eine Woche bleiben, wenn ich niemandem zur Last falle.«

»Sag das nicht, wenn meine Großmutter es hört. – Vielleicht können wir am nächsten Wochenende noch einmal einen Ausflug machen. Allein.«

»Deine Mutter und deine Großmutter werden mitwollen. Das kannst du ihnen nicht abschlagen.«

»Sie werden nicht mitwollen.«

»Wie kommst du darauf?«

»Weil sie sofort sehen werden, was los ist, und tausend Gründe finden, nicht wegzukönnen. Das wirst du sehen.«

Sie schien sich ihrer Sache ganz sicher zu sein.

»Dann fahren wir allein. Aber ich habe ein schlechtes Gewissen, wenn sie zu Hause bleiben. Gleichzeitig möchte ich allein mit dir sein.«

»Es wird sich finden«, sagte sie und packte weiter, denn Alexander war ins Zimmer zurückgekommen.

An der Rezeption fragte Leyla nach einem Telefon und verschwand in einer engen Kabine. Paul sah sie durch die Scheiben. Sie trat von einem Fuß auf den anderen, legte eine Hand hinter ihren Kopf oder blickte zur Decke. Sie sprach eindringlich und schien manchmal aufgeregt zu sein. Worüber konnte man so lange reden, um einen Tag Verspätung zu erklären? Er verstand nichts und hörte nur das Rauschen des Verkehrs von der Straße. Er stand am Tresen, die Gepäckstücke zu seinen Füßen. Alexander hatte sich auf den Boden gesetzt, den Arm um seine Tasche gelegt. Ein Radio, dem niemand zuhörte, plärrte laute Musik.
Als Leyla aus der Zelle herauskam, sagte sie kurz:
»Alles erledigt, fahren wir los!«

Sie gingen auf den Parkplatz und verstauten ihr Gepäck. Leyla setzte sich ans Steuer und sie benahm sich, als habe sie es eilig. Mühelos, aber riskant fädelte sie sich in den Verkehr ein. Paul hatte sich zu Alexander gewandt und sprach mit ihm, öffnete ihm ein paar der Bonbons, die er an der Rezeption für ihn gegriffen hatte, holte einen Bindfaden aus der Tasche und zeigte dem Jungen ein Spiel, das er aus der eigenen Kindheit kannte. Das Spiel schien dem Kind zu gefallen, es begriff schnell alle Tricks, die Paul ihm zeigte.
Leyla fuhr schneller als am Tag zuvor. Paul spürte, dass sie etwas beschäftigte, und mochte sie nicht gleich fragen. Die Straße, die aus dem Ort hinausführte, kam ihm bekannt vor. Verständnislos suchten seine Augen die Umge-

bung ab. Als er eine blau gestrichene Tankstelle sah, war er sicher.
»Mädchen, du fährst die falsche Straße! Wir fahren ja zurück! Wir müssen umkehren, das kann hier nicht richtig sein.«
Sie schwieg und blickte starr nach vorn.
»Was ist los, Leyla.«
»Wir fahren zurück.«
»Wie, zurück. Wohin?«
»Nach Yeniköy. Wir bringen den Jungen zu seinen Großeltern.«
Er schwieg und lehnte sich in seinen Sitz.
»Bist du verrückt? Weißt du, was du da tust?«
Sie antwortete nicht und nach einer Weile wiederholte er:
»Du bist verrückt geworden!«
»Du kannst es nennen, wie du willst, aber ich weiß genau, was ich tu! Wir bringen Alexander zu seinen Großeltern zurück und Ende.«
Er schwieg, sie fuhr schnell und sicher. Ihr Gesicht war ernst.
Nach einer langen Pause sagte Paul leise:
»Erkläre mir das, bitte.«
Ohne das Tempo zu verringern, begann sie zu sprechen.
»Ich habe meine Freundin in der Botschaft angerufen. Sie hat den Fall bearbeitet. Wenn alles stimmt, was da in den Papieren steht, wird Alexander in einer miesen Ruhrgebietsstadt in ein mieses Heim kommen, wo Hunderte von kaputten Kindern untergebracht sind. Weißt du, was das heißt? Er wird bald wieder ein kaputtes Kind sein ... Ich

will mit einer solchen sinnlosen und unmenschlichen Verwaltungssache nichts zu tun haben!«

Sie schwiegen fast eine Minute lang. Dann sagte er ruhig:

»Hast du dir die Folgen überlegt? Bei der Botschaft schmeißen sie dich raus, das ist so gut wie sicher. Dann bist du nicht nur arbeitslos, sondern in deinen Papieren wird *unzuverlässig* stehen, für alle Zeiten. Sie werden einen anderen Wagen schicken, um Alexander zu holen. Das geht ganz fix, glaube mir. Was ist also damit gewonnen, wenn du dich da herausziehst?«

Sie antwortete ungewöhnlich heftig.

»Genauso würde ich versuchen, dich davon abzuhalten, wenn du an meiner Stelle wärst. Also nehme ich es dir nicht übel. Was sollst du auch sonst sagen? Es kann aber nicht sein, dass du es nicht für richtig hältst!«

Sie schlug ein paarmal heftig mit der Hand auf das Lenkrad und schüttelte den Kopf:

»Nein, es kann nicht sein ... da bin ich mir ganz sicher! Sonst wärst du nicht der, für den ich dich halte!«

Sie machte eine Pause und nahm seine Hand.

»Sag, dass ich Recht habe! Sofort!«

»Natürlich, was denn sonst«, antwortete Paul, »darum geht es ja nicht. Was soll denn aus dir werden? Das macht mir Sorgen.«

»Natürlich habe ich mir das überlegt. Meine Freundin in der Botschaft entschuldigt mich für einen Tag, ich hätte so viel Zeit verloren, das Kind zu suchen. Es gäbe Hunderte Rauf Karpats im Taurusgebirge und mehrere Orte, die Yeniköy oder ähnlich heißen, da kann es Verwechslungen geben. Der Karpat in diesem Yeniköy, der hätte kein Kind, das behindert ist. Ja, da sei ein Brief bei ihm angekommen, aber den habe er liegen gelassen, weil er weder lesen noch schreiben kann. Wir schalten, ohne es der Botschaft zu sagen, den Roten Halbmond ein, damit sie ein Gutachten über die Lebensbedingungen des Kindes in Yeniköy anfertigen. Wir machen dem Vater Dampf, herzukommen und sich einem Vaterschaftstest zu unterziehen. Mit ein paar Dollar kann man das hier ungemein beschleunigen! Mit vielen Dollar bekommt man das Dokument, ohne dass er persönlich erscheint. Wenn so etwas in eurem modernen Deutschland so lange dauert, dann machen wir es eben hier, dann kann er wenigstens um sein Kind kämpfen! Notfalls geht der Großvater mit dem Jungen für ein paar Wochen in die Berge. Da findet sie niemand! Um Zeit zu gewinnen. – Von all diesen Plänen darf die Botschaft natürlich nichts wissen.«

Paul versuchte nicht mehr sie umzustimmen. In seinem Innern wusste er, dass es vergeblich sein würde – und das war es, was ihn stolz machte auf diese Frau.

»Du, das ist verdammt gefährlich«, sagte er trotzdem.

»Du, das ist verdammt gefährlich«, äffte sie ihn nach und grinste ihn an. »Und wenn sie eines Tages dahinter kommen und mich rausschmeißen, dann weiß ich wenigstens, weshalb. Der Kleine da hinter uns, der war am Ende! Dem ging es dreckig, die Therapien hatten nach zwei Jahren fast keine Besserung gebracht. – Ich weiß nicht, ob dieser Türke das gespürt hat oder nur seinem anatolischen Dickkopf gefolgt ist. Ist ja auch egal. Aber den Jungen bei seinen Groß-

eltern herauszuholen, wo er offensichtlich geliebt wird, und mitzuhelfen, ihn in ein Heim für Schwachsinnige zu bringen, nur weil er in Deutschland als schwachsinnig gilt – ohne mich! Hier kann er ein guter Hirte werden, von den Menschen der Familie und seines Dorfes geliebt und respektiert. Hätte er eine solche Chance in Deutschland? Wo er niemanden hat? Wo sich niemand wirklich um ihn kümmern kann? Ich glaube nicht!«
»Du machst mich zu deinem Komplizen«, sagte er leise, aber er lächelte dabei.
»Das bist du längst.«
Ihr Plan war abenteuerlich. Er wunderte sich über sich selbst, dass er keine Angst verspürte, in eine solche Sache verwickelt zu sein. Dieses türkische Mädchen neben ihm schien keine Angst zu kennen. Oder hatte sie Angst? Was stand ihr bevor? Wie würde es sein, wenn Leyla in Ankara Rede und Antwort stehen müsste? Dann war sie allein auf sich gestellt.

In diesem Augenblick schlingerte der Wagen und schleuderte auf die andere Straßenseite. Leyla trat auf die Bremse, riss das Steuer herum und brachte ihn unter Kontrolle. Sie lenkte holpernd auf den Seitenstreifen. Glücklicherweise hatte es keinen Gegenverkehr gegeben.
Sie stiegen aus. Der vordere rechte Reifen war platt. Als sie ihn untersuchten, fanden sie einen dicken Nagel, der den Mantel durchstochen hatte.
»Allah, ich habe noch nie einen Reifen gewechselt.« Ratlos trat Leyla gegen den platten Reifen. »Und da stehe ich

nun mit einem Klavierspieler an der Seite, der seine Hände nicht anstrengen darf!«

Sie schien ernsthaft verzweifelt zu sein. Paul unterbrach sie ärgerlich:

»Danke, das reicht mir!« Er schob sie beiseite, öffnete die hintere Tür und fand neben dem Ersatzreifen Wagenheber und Schlüssel.

»Geh mit dem Jungen spazieren«, sagte er und wies auf den Waldrand. Sie tat es, weil sie seinen Ärger spürte.

Er zog die Handbremse, setzte den Wagenheber an und kurbelte. Der Wagen hob sich Zentimeter für Zentimeter. Er versuchte mit dem Schlüssel die erste Schraube des Rades zu lösen. Sie saß so fest, als wären sie seit Jahrhunderten nicht gelöst worden. Er fand eine Eisenstange und verband sie mit dem Schlüssel, stellte sich auf die Stange und wippte mit seinem ganzen Körpergewicht. Sie rührte sich nicht. Mein Gott, dachte er, drehe ich in die falsche Richtung? Das konnte nicht sein. Er war schweißgebadet und nahe dran, einen der Lastwagen, die mit Lärm und Staub vorbeizogen, um Hilfe anzuhalten. Leyla mochte er nicht rufen ... Da endlich löste sich mit einem Knirschen die Schraube. Die anderen vier waren ebenso eingerostet, leisteten aber nicht so viel Widerstand.

Nach fünfzehn Minuten saß der neue Reifen und er konnte den Wagen herunterlassen. Er verstaute das Werkzeug und winkte Leyla und dem Jungen.

Ölverschmiert stand er vor ihr.

»So schön habe ich dich noch nie gesehen.«

Er grinste und versuchte in ihrem Gesicht zu lesen, ob sie

wieder einen ihrer Scherze machte. Aber sie schien es ernst zu meinen.
Sein Zorn war längst verraucht.
»Steig ein, wir haben Zeit verloren.«
Während er auf dem Beifahrersitz versuchte sich die Hände an einem Tuch zu reinigen, verschwitzt und noch zitternd von der Anstrengung, dachte er unwillkürlich an das Konzert, das in zwei Tagen stattfinden sollte. Er lächelte sie an:
»Morgen werde ich Hände wie ein Holzhacker haben. Das ist so, wenn man lange nicht körperlich gearbeitet hat. Übermorgen marschieren wir dann, direkt aus dem Jeep, in die Botschaft, und Paul Langenberg klimpert sich da was zurecht. Wie stolz wird deine Großmutter auf mich sein!«
»Macht dir das wirklich Sorge?«
Er ließ sich Zeit mit der Antwort, um sie erst einmal für sich zu klären. Ohne in Übung zu sein, würde seine Vorstellung nicht sehr gut werden. Das war eine Erfahrungssache. Und der Reifenwechsel machte alles noch schwieriger. Er blickte auf seine Hände, sie zitterten immer noch, er verbarg sie unter dem Tuch.
Aber da war noch etwas anderes, das ihn beunruhigte. Er begann langsam, ihr seine Gedanken darzulegen.
»Sorge wäre übertrieben ... Vielleicht wäre es trotzdem besser, das Konzert abzusagen. Ein Grund lässt sich finden ...«
Sie sah ihn verständnislos an.
»Und warum absagen?«
»Irgendwas passt da nicht zusammen. Wir können nicht

ein solches Ding drehen und ich stelle mich im dunklen Anzug vor das erlesene Publikum der Botschaft und spiele ein bisschen Mozart. Es geht nicht ...«

Leyla schien nachzudenken. Mit vollem Tempo raste sie über den staubigen Schotterweg einer Baustelle. Sie waren von Staub eingenebelt, so dass sie den Scheibenwischer anstellte.

»Was soll das heißen?«, fragte sie.

»Mit dem, was wir hier machen, haben wir uns auf die andere Seite gestellt. Ich fühle mich ganz wohl dabei, sehr wohl sogar. Das ist es nicht! Wäre ich jemand, der Zaubertricks vorführt – ich hätte keine Bedenken, ja würde sogar Genugtuung an unserem Geheimnis finden. Aber mit der Musik, die ich meine und die ich spielen will, ist das etwas anderes. Da brauche ich Übereinstimmung und Harmonie für meine Möglichkeiten, mich auszudrücken, und für mein inneres Gleichgewicht. Mir ist nicht wohl dabei, dass der Botschafter in der ersten Reihe sitzen wird und ahnungslos-freundlich heraufguckt zu mir. Ich kann nicht einfach denken: Den hast du mal richtig reingelegt, diesen Deppen, und dann spiele ich Mendelssohn ... Da stimmt doch nichts mehr, oder? Es wäre etwas anderes, wenn ich irgendwelche Schlager zu spielen hätte ... Aber Schumann oder Mendelssohn? Das ist eine andere Welt. Das ist dem ganz nahe, das uns unser eigenes Leben empfinden lässt ... Du kannst auch sagen, es ist der Wahrhaftigkeit nahe.«

Leyla schwieg lange. Paul war nicht sicher, ob er das hatte ausdrücken können, was er meinte. Mehr Worte hatte er nicht, um zu sagen, was ihm die Musik bedeutete.

Als Leyla antwortete, sprach sie ungewöhnlich langsam.
»Ich weiß nicht viel von Musik und ahne nur, was sie für dich ist. Eines Tages möchte ich das genauer wissen. Für mich hört sich das alles sehr vergrübelt an, und irgendwie auch nicht logisch. Jetzt versuche einmal es aus meiner Sicht zu sehen! Stell dir vor, wir hätten den Jungen nach Ankara gebracht und in ein Flugzeug gesetzt. Stell dir vor, du müsstest während des Konzerts an den kleinen Alexander denken, er säße einsam in einem Flieger oder schon in einem Heim in Deutschland. Denk einmal daran, wie er vor Heimweh nach seinen Großeltern leidet, wie die beiden Alten leiden, wie sein Vater leidet. Denk daran, was aus ihm werden soll, in einem Land, wo er niemanden hat, der ihn liebt ... Könntest du dann besser spielen? Wäre das der Wahrhaftigkeit, von der du gesprochen hast, näher? Geht es denn in dieser Musik, die du meinst, nur um Harmonie? Also wirst du nie mehr spielen?!«
Sie sah ihn kurz an und fuhr dann fort:
»Du steckst in dieser Geschichte so tief drin wie ich auch! Es ist kein Ding, das wir gedreht haben! Ich vermute, du verstehst da etwas falsch. Es kann nicht sein, dass du abhängig bist von den Leuten, die dir zuhören. Du bist immer nur du. Du bist jener Kerl, der mich bestärkt hat, das zu tun, was wir getan haben. Ohne dich hätte ich den Mut dazu nicht gefunden.«
Sie machte eine Pause, den Blick auf den weiten Horizont gerichtet. Dann sprach sie leise weiter:
»In dieser Welt ist viel Unheil. Etwas davon kriegen wir gerade mit. Du wirst alle deine Konzerte in einer unheilen

Welt geben. Du wirst nur ein guter Musiker sein, wenn du dich nicht in irgendwelche Kellergewölbe mit deiner Musik verkriechst! Wenn du Glück hast, wird dich irgendein Alexander immer daran erinnern ... Jetzt hat das Leben dir, vielleicht zum ersten Mal, etwas wirklich Wichtiges in den Weg gelegt, das nicht nur dich angeht. Du hast dich entschieden, und zwar ziemlich schnell und sehr eindeutig. Du stehst tatsächlich auf der anderen Seite, Allah sei Dank!«

Paul Langenberg musste sich eingestehen, dass sie ihn genau da getroffen hatte, wo es schmerzte. Ihm schoss das Blut ins Gesicht. Was passierte mit ihm? Angst vor dem Versagen? Unsicherheiten? Das würde bleiben, das war ein Teil von ihm. Aber die Unsicherheiten würden ihn nicht mehr so schnell beherrschen können wie bisher, würden keine Gefühle mehr verursachen, minderwertig oder nutzlos zu sein.

Das Bild seiner Mutter stand plötzlich vor ihm, er sah sie vor sich im Garten des Hospitals und dachte an ihr ewiges Schweigen, wenn er versuchte, sie mit seinen wichtigsten Fragen zu erreichen. Sie hatte ihm alles gegeben, die Musik und Lebensfreude, aber sie war es auch, die ihn, ohne es vielleicht zu wollen, in ihre Ängste und ewigen Sorgen hineingezogen hatte. Er hatte sich zu Gegenwehr nicht immer stark genug gefühlt. Es war ein unentschiedener Kampf ... Warum dachte er jetzt an sie? Warum dachte er auch an das Gespräch mit Fahriunusa, als sie ihn vom Flughafen abgeholt hatte? War es das, was sie ihm hatte sagen wollen?

Ein Gefühl aus Bangigkeit und Mut zugleich bahnte sich den Weg, und er vermied es, Leyla anzusehen. Er fühlte sich wie jemand, der nach vielen Jahren die Krücken wegwirft und die ersten zaghaften Schritte versucht. Er wischte weiter an seinen Händen herum, um seine Erregung zu überspielen.
»Gut, ich spiele.«
Leyla blickte kurz zu ihm herüber.
»Hätte mich auch sehr gewundert, wenn dir dein Innerstes etwas anderes zugeflüstert hätte ... Wenn du darauf hörst, kannst du jedes Konzert der Welt geben!«

Sie fuhren durch eine fast baumlose hügelige Graslandschaft. Einzelne Dörfer duckten sich in den Tälern, die Häuser beschattet von Zedern und Pappeln. Schafe und Ziegen weideten hier ohne Zäune, so als gehörte ihnen das Land. Der Himmel schien hier höher zu sein als anderswo. Nach langem Schweigen wandte er sich an sie.
»Hör mal zu, schöne Lehrerin. Es gibt da noch eine kleine Schwierigkeit. Ich kann nicht einfach aus dem Jeep steigen, duschen und mich ans Klavier setzen. Ich brauche ein bisschen Zeit zum Üben, mich zu sammeln, sonst geht's nicht.«
Sie lachte ausgelassen und fuhr ihm mit einer Hand durch die Haare.
»Hast du eigentlich noch nie bemerkt, dass du eine verdammt kluge Frau an deiner Seite hast? Als wenn ich daran nicht schon gedacht hätte! Hör zu: Wir bringen den Jungen nach Yeniköy und reden kurz mit dem Groß-

vater. Dann fahren wir los und sind heute Abend in Ankara. Da kann sich mein kleiner Tastenakrobat fast zwei Tage lang ausruhen, ein bisschen klimpern und seine Noten sortieren.«
Sie strahlte ihn an und gab noch mehr Gas. Der Wagen schoss nach vorne.

Am frühen Nachmittag erreichten sie Yeniköy. Alexander hatte hinten im Auto gesessen und mit der Schnur die Spiele geübt, die Paul ihm beigebracht hatte. Er hatte keine Fragen gestellt, als Leyla ihm am Waldrand gesagt hatte, er müsse nicht nach Deutschland reisen, er würde zu seinen Großeltern zurückkehren. Er hatte nur lakonisch angemerkt:
»Dann esse ich den Kuchen mit ihnen zusammen.«
Kurz vor den ersten Häusern von Yeniköy wandte sich Leyla zu dem Jungen um und sagte ihm auf Deutsch:
»Gleich sind wir da! Meinst du, dass sich deine Großeltern freuen werden, wenn du wiederkommst?«
»Zuerst essen wir den Kuchen. Morgen gehe ich wieder mit Mehmed und den anderen in die Berge. Und mit Gömlek.« Er hielt eine Hand am Griff seiner Tasche.
Leyla bremste scharf vor dem Gebäude der Karpats, stieg aus und öffnete die Tür für den Jungen. Sie nahm seine Tasche, aber er wollte sie selber tragen. Niemand war zu sehen und Leyla klopfte an die Tür. Jemand öffnete, und Paul, der beim Wagen geblieben war, sah Ayşe mit ihrem weißen Kopftuch in der Türe stehen. Sie schlug beide Hände vor ihr Gesicht, beugte sich dann zu dem Jungen

und nahm ihn in ihre Arme. Er sah, dass ihr Gesicht von Tränen überströmt war, er hörte Laute aus ihrem Mund, die wie Klagen und Gebete klangen. Rauf Karpat kam aus dem Gerätehaus, blickte verständnislos auf das Auto und auf Paul, der an der Wagentür lehnte – und sah das Kind in den Armen seiner Frau. Er rannte, dass ihm die Mütze vom Kopf flog, kniete neben Alexander, um ihn an seine Brust zu ziehen und festzuhalten.
Leyla ließ ihnen ein paar Minuten Zeit. Alexander entzog sich den Umarmungen, öffnete seine Tasche und kramte offensichtlich nach dem Kuchen.
Als Rauf aufstand, zog Leyla ihn mit zu den Gattern, wo ein paar Ziegen weideten. Vor dem Taurusgebirge im harten Licht der Mittagssonne wirkten sie sehr klein. Der Mann klammerte sich an einen Holzsparren, als suche er Halt. Er nickte ein paarmal und strich immer wieder seinen Schnurrbart, während sie sprach und ihm erklärte, was sie ihm zu erklären hatte. Paul sah, wie er Leylas Hand küsste – und dass sie es geschehen ließ. Dann kam sie mit raschen Schritten auf den Wagen zu, setzte sich auf den Beifahrersitz und zündete sich eine Zigarette an.
»Fahr los. Es ist alles gut.«

Sie schwiegen. Paul konzentrierte sich auf die Schlaglöcher und die entgegenkommenden Lastwagen. Leyla schien in Gedanken oder in die Betrachtung der Landschaft versunken zu sein, bis sie schließlich von Rauf Karpat zu sprechen begann.

»Ich bin sicher, diese Leute sind Alewiten. Hast du jemals von ihnen gehört?«

»Ich glaube nicht. Hört sich an wie ein Volksstamm oder eine Religionsgemeinschaft?«

»Es ist eine religiöse Philosophie. Sie stammt aus dem Islam, aber es gibt auch Alewiten in anderen Religionen, es ist so etwas wie eine Lebenshaltung.«

»Wie kommst du jetzt darauf?«

»Wegen Rauf Karpat. Ein ungewöhnlicher Mann, dieser Schafzüchter. Ich habe mir so etwas schon bei unserem ersten Besuch gedacht. Als ich die Musikinstrumente an der Wand gesehen habe und was er so geredet hat. Seine Familie stammt nicht aus Yeniköy. Sein Großvater ist aus Dersim, aus der Provinz Tunceli, gekommen. Sie leben seit zwei Generationen hier, wie die Einheimischen, aber in ihrem Herzen sind sie etwas anderes, etwas Besonderes: großmütig, tolerant und friedfertig. Sie tun nichts, ohne ihr Herz zu befragen. Sie beten auch nicht, ohne mit sich selbst im Reinen zu sein. Im Islam sind sie das Beste, das ich kenne.«

»Hast du ihn danach gefragt?«

»Nein. Nur, woher die Familie stammt. Alles andere konnte ich mir selbst zusammenreimen. Als er nach unserem Gespräch zu dem kleinen Alexander zurückging, ihm über den Kopf strich und sagte: ›Nun ist Gottes Stimme wieder bei uns‹, und den Kleinen küsste, da dachte ich, dass er zu den Alewiten gehören könnte. Fahriunusa spricht viel von ihnen. Sie bewundert sie, hat sie immer schon bewundert. In ihrem Herzen ist sie wie sie.«

Sie fuhren schnell und wechselten sich am Steuer ab. Um Mitternacht erreichten sie Ankara. Der Atatürk-Bulvarı war fast unbefahren, nur ein paar Taxen überholten sie hin und wieder. Der Wagen war über und über mit Staub und Schlammspritzern bedeckt. Leyla hielt vor den mächtigen weißen Gebäuden der deutschen Botschaft an. Auf der gegenüberliegenden Straßenseite zogen zwei zerlumpte Männer von Mülltonne zu Mülltonne. Sie vertrieben Hunde und Katzen und begannen eine sorgfältige Suche nach Essen und Kleidungsstücken. Die Blumen des Botschaftsgartens verströmten ihren Duft.

»Kein schlechter Ort für ein erstes Solokonzert!« Seine Worte kamen heiter über die Lippen, doch tief in seiner Brust meldete sich seine alte Verzagtheit.

Sie zog ihn in den Schatten des Wagens und küsste ihn.

»Und wenn es wegen deiner klobigen Holzhackerfinger danebengeht, dann nehme ich dich trotzdem. Was du sonst mit ihnen kannst, reicht mir völlig!«

Im Hause war schon alles dunkel und still. Sie parkten den Wagen auf der Straße, um Lärm zu vermeiden, und schlichen hinein. Sie suchten leise ihre Zimmer auf. Als Paul schon in seinem Bett lag und das Licht löschen wollte, klopfte es leise. Fahriunusa, in einen Bademantel gehüllt und ihren silbernen Becher mit Zigaretten in der Hand, setzte sich zu ihm aufs Bett.

»Ich will noch eine Zigarette mit Ihnen rauchen, wenn Sie noch nicht zu müde sind. Wie hat Ihnen die Türkei gefallen? Ist Leyla gut gefahren? Erzählen Sie mir noch ein bisschen ...«

Paul war verlegen. Was konnte er erzählen?

»Ich kann es sicher nicht beschreiben, dazu ist zu viel passiert in der Zeit. Es war eine wunderbare Reise. Das ist ein heftiges und sanftes Land zugleich. Ganz gleich, ob wir in einem Dorf vor irgendeinem Haus saßen oder in den Gewölben des Basars, es war wie Sibelius und Rossini zugleich, und das immer mit vielen Pauken von Wagner ... Verzeihen Sie solche Vergleiche, ich habe keine besseren. Ich hätte nie gedachte, dass mich das Schwarze Meer an Brahms erinnern könnte ... Und Leyla ist so ähnlich ... Es war gut für mich, mit ihr zusammen zu sein.«

Um zu überspielen, dass er etwas verschwieg, griff er nach einer Zigarette und sagte lachend:

»Wenn ich ihr ein Menuett vorgelegt habe, hat sie ein Scherzo daraus gemacht. So ist sie eben ...«

Fahriunusa nickte.

»Ja, so ist sie. Aber manchmal wäre ein Menuett besser für sie, das begreift sie leider nicht immer.«

»Im richtigen Augenblick wohl!«

Paul war sicher, dass sie ihn verstanden und auf Leylas immer vorwärts drängendes Temperament, auf die Art, ihre Verletzlichkeit zu verbergen, angespielt hatte. Paul wusste längst, dass es hinter dem forschen Auftreten und manchmal ruppigen Reden noch eine andere Leyla gab. Er mochte jetzt nicht weiter nach ihr fragen und fuhr nach einem Moment des Schweigens fort.

»Ich weiß nicht, ob es meine letzte große Reise ist, aber ich bin sicher, es ist meine wichtigste.«

»Das hatte ich gehofft! Sie haben das gebraucht! Für sich selbst.«

»Wie meinen Sie das?«

»Sie müssen einer älteren Freundin schon zugestehen, dass sie weiß, wo Ihnen etwas fehlte. Für Ihr Selbstverständnis, für Ihr Vertrauen zum Leben. Ganz sicher auch für Ihre Musik. Sie brauchten jetzt etwas Neues, Machtvolles, das Sie ermutigt, bei sich selbst einzukehren. Etwas, das hilft, die Dinge zu sehen, auf die es wirklich ankommt. Oder?«

»Ich glaube nicht, dass man das selber weiß.«

»Ich bin sicher, dass Sie mich deshalb kennen gelernt haben.«

Er errötete und schämte sich nicht.

»Wenn es das gibt, dann ist es auch so«, sagte er einfach.

»Wir Orientalen wissen das! Und wir Frauen ganz besonders. Nun schlafen Sie gut.«

Sie küsste ihn auf die Stirn, drehte sich an der Türe aber noch einmal um, in ihren Augen ein Lächeln.

»Das mit dem Menuett hat mir sehr gefallen ... Ja, so ist sie, unsere Leyla. Schlafen Sie gut, mein Junge.«

Vor dem Einschlafen ging ihm durch den Kopf, dass er noch kein Notenblatt für das Konzert in der Hand hatte und niemanden, der ihm die Seiten umblätterte. Doch das hinderte ihn nicht, in tiefen Schlaf zu fallen.

16

Er stand am nächsten Morgen auf, duschte und zog sich an. Leyla und Fahriye hatten bereits das Haus verlassen. Fahriunusa wartete auf ihn, um ihn zur Musikhochschule zu begleiten. Sie hatte jemanden angerufen, einen Mithat Fenmen. Sie kannte überall jemanden. Fenmen war der Direktor der Musikhochschule und bereit, ihm aus dem Bestand Noten zu leihen, er möge nur kommen. Sie fuhren in den Stadtteil Cebeci.

Ein älterer Herr in einem altmodischen dunklen Anzug führte sie durch lange Gänge in einen Raum, wo sie in Regalen, die bis an die Decke reichten, wohl geordnet die Noten fanden, Klassik und Moderne.

Fahriunusa saß am Fenster und rauchte, während er die Treppenleiter hochkletterte, sie hin und her rückte, in den Stapeln wühlte und sich eine Auswahl bereitlegte. Er brauchte nicht mehr als eine halbe Stunde, dann stand das Programm fest, das er spielen würde.

»Fahriunusa, ich brauche jemanden, der mir die Seiten umdreht, einen Umblätterer. Was machen wir da? Ob Sie hier einmal fragen?«

»Kann das nicht Leyla machen?«

»Es würde mich unnötig ablenken. Außerdem kann sie, glaube ich, keine Noten lesen. Wenn ich jedes Mal nicken muss, stört das mich und das Publikum.«

Der ältere Herr, der sie geführt hatte, hörte sich das Prob-

lem an. Er würde jemanden morgen pünktlich in die Botschaft schicken, sie könnten sich darauf verlassen.
Sie nahmen ein Taxi.
»Sollen wir Ihnen noch einen Frack ausleihen?« Fahriunusa sah ihn lächelnd an.
Er schüttelte den Kopf. »Davon wird mein Geklimper auch nicht besser.«
Am Klavier Fahriunusas spielte er sein Programm mehrfach durch, bis in die Nacht hinein. Niemand störte ihn, die Frauen schienen wie vom Erdboden verschluckt zu sein. Am nächsten Tag übte er bis zum Mittag weiter und schlief dann fest und traumlos, bis ihn Leyla weckte. Es sei Zeit, zur Botschaft zu fahren.

Taxen und elegante schwarze Privatwagen fuhren durch die Pforte, setzten die Fahrgäste am Weg zur Residenz ab und verschwanden auf dem Parkplatz, der zur Botschaft gehörte. Die Fahrer machten es sich am Swimmingpool gemütlich oder spielten Karten.
Vornehm gekleidete Damen und Herren nahmen die wenigen Stufen und begrüßten den Botschafter, der unweit der Garderobe jedem die Hand gab. Paul hatte es nicht ablehnen können, neben dem Botschafter und Fahriunusa die Ankommenden zu begrüßen.
»Das haben Sie mir eingebrockt«, flüsterte er seiner Freundin zu.
»Mal sehen, was *Sie* mir alles noch einbrocken«, gab sie, ohne eine Miene zu verziehen, zurück und drückte seine Hand. Er wusste nicht, was sie meinte. Hatte ihr Leyla

alles erzählt? Sicher nicht von Alexanders Rückkehr nach Yeniköy, das würde sie ihrer Großmutter, um sie nicht zu beunruhigen, kaum erzählt haben. Von ihrer Liebesgeschichte? Er blickte sie an, aber ihr Gesicht gab nichts zu erkennen.

Als sich der große Saal füllte, entschuldigte er sich und zog sich in einen stillen Raum in der ersten Etage zurück, um sich für das Konzert zu sammeln. Der Saal würde kaum mehr als achtzig Leute fassen, dachte er, und es waren mehr gekommen. Um diese Zeit gingen die Bauern auf den Dörfern, die kein elektrisches Licht hatten, schon schlafen. Alexander würde in seinem flachen Bett liegen, der anheimelnde Geruch von Brot, Mehl und frischem Käse würde aus der Küche herübergezogen sein. Vielleicht lagen die Alten schon auf ihren Matten, der Mond schien vielleicht durchs Fenster, und sie sprachen noch leise miteinander. Dieses Bild weckte in ihm den Wunsch, Leyla wäre bei ihm. Sie hatten sich seit ihrer Rückkehr nicht sprechen können. Vielleicht war es auch die heimliche Sorge über das, was geschehen war und was sie gemeinsam entschieden hatten. Eine tief sitzende Unruhe war in diesen beiden Tagen nie ganz von ihm gewichen.

So als habe er sie gerufen, öffnete sich die Tür und sie kam herein. Sie trug ein schwarzes Kleid mit einem roten Schal und rote Schuhe. Wie zart und zerbrechlich sie in dieser ungewohnten Kleidung wirkte.

»Könnte sein, dass Alexander jetzt schon schläft«, sagte er und legte die Noten in die Reihenfolge, die er für diesen Abend geplant hatte.

»Ist alles in Ordnung?« Sie blieb an der Türe stehen, so als fürchte sie, ihn zu stören – oder als habe sie seine Worte nicht verstanden.

»Es ist alles in Ordnung. Hast du Fahriunusa von uns erzählt?«

»Wie kommst du darauf?«

»Ich hatte den Eindruck, sie könnte etwas wissen. Sie sagte mir, ich hätte ihr vermutlich etwas eingebrockt, oder so ähnlich drückte sie sich aus. Das habe ich auf dich und mich bezogen.«

»Ich bin sicher, dass sie es weiß. Aber sie fragt nicht, das wäre nicht ihre Art. Es wird schon der Augenblick kommen, darüber zu sprechen.«

»Ist sie nicht neugierig?«

»Sehr sogar. Aber sie überlässt es mir. Sie vertraut darauf, dass ich es richtig mache. Manchmal habe ich mir früher gewünscht, sie würde mir ihre Sorge um mich offener zeigen. Aber sie ist so, wie sie ist ...«

»Und du? Bist du noch sicher, dass wir das alles richtig gemacht haben?«

»Wir hatten keine andere Wahl, das weißt du«, sagte sie, und er wusste nicht, ob sie dabei an den kleinen Alexander dachte oder an ihre Liebe. Oder an beides.

»Was haben sie in der Botschaft gesagt?«

»Einer der Angestellten hat sich meinen Bericht kommentarlos angehört. Keine Fragen. Ich habe geschrieben, ein behindertes Kind sei bei diesem Rauf Karpat nicht zu finden gewesen. Ich bin selbst erstaunt, dass alles so glatt lief.«

»Du wolltest nicht lügen, was? Sehr geschickt ...! Hast du Sorgen deswegen? Kann da was nachkommen?«

»Ich weiß es nicht, aber ich bin natürlich ein bisschen unruhig. Ich habe dem Vater nach Deutschland geschrieben, er möge so schnell wie möglich nach Ankara kommen. Wir haben nicht viel Zeit. Wenn sie die türkischen Behörden nach Yeniköy schicken, war alles sinnlos.«

Er unterbrach sie.

»Was auch immer passiert, Leyla. Sinnlos war es nicht! Auch dann nicht, wenn sie ihn noch holen und nach Deutschland bringen ... Es war die mutigste Entscheidung, an der ich jemals teilgenommen habe. Du hast keinen Grund, Angst zu haben. Ich bin sehr stolz auf dich!«

Leyla schaute auf die Uhr. Von unten drang gedämpft das Gemurmel aus dem Saal zu ihnen. Man hörte die Diener der Botschaft, die Stühle herbeibrachten, um allen einen Platz zu schaffen.

»Es ist Zeit, dass wir gehen«, sagte sie. Er stand auf, nahm die Noten unter den linken Arm und ging auf sie zu. Er blieb einen Meter vor ihr stehen.

»Es ging alles zu einfach, das mit dem Jungen aus Yeniköy«, sagte er, »daran konntest du nicht vorbei. Er war zu gefasst, wie ein Opferlamm. War es das?«

»Ja. Du weißt das so gut wie ich«, antwortete sie. Auf ihren Gesichtern erschien ein Lächeln. Es war nur ein schwaches Lächeln, aber stark genug, den anderen wissen zu lassen, dass sie mehr als nur Komplizen waren.

»Gehen wir«, sagte er und folgte ihr die Treppe hinunter. Er sah ihre schlanke Gestalt vor sich und dachte: Was hat

mich bis hierher gebracht? Leyla berührte ihn noch einmal kurz am Arm und verließ ihn, um im Saal ihren Platz neben Fahriye und ihrer Großmutter aufzusuchen.
Paul blieb im Schutz der Treppe stehen und gab sich noch eine halbe Minute Zeit. Wie ein Schatz lagen in seiner Seele die letzten acht Tage. Alles war gegenwärtig. Aber er dachte nicht wirklich an das, was geschehen war. Er konzentrierte sich, sammelte sich, horchte in sein Inneres. Da war weder Ruhe noch Unruhe, sondern wohltuende Leere und das, was er an diesem Abend mit seiner Musik sagen wollte. Er blickte noch einmal kurz auf die Noten unter seinem Arm und wusste, wie er sie spielen würde. Alle Aufregung war schon während der letzten Worte, die er mit Leyla gewechselt hatte, von ihm gewichen.

Neben ihm machte sich ein schüchterner junger Mann in dunklem Anzug bemerkbar, kaum älter als achtzehn Jahre. In unbeholfenem Englisch flüsterte er Paul zu, er hieße Ünal, das Konservatorium habe ihn geschickt und er würde die Seiten umblättern.
»Ich habe das schon oft gemacht, sogar für Svjatoslav Richter.«
Paul gab ihm die Hand.
»Gut, dass du da bist, ich hatte das Problem schon fast vergessen ... Sag dem Publikum, das Programm dieses Abends sei auf meiner Reise durch sein Land entstanden. Nenne ihm die vier ersten Komponistennamen und die Stücke. Nach der Pause kannst du ihnen dann den zwei-

ten Teil ankündigen. Also: zwei Bach-Bearbeitungen von Busoni, danach Beethoven-Variationen c-Moll, drei Stücke *Lieder ohne Worte* von Mendelssohn und die g-Moll-Ballade von Chopin. Kannst du das machen?«

Ünal nickte und kritzelte die Namen auf einen Zettel.

Das Publikum war bereits still. Es applaudierte, als Paul und Ünal durch den mittleren Gang auf den Flügel zugingen. Während Ünal in Türkisch die erste Ansage machte, setzte sich Paul vor das Instrument, schlug die ersten Noten auf und legte seine Finger auf die Tasten. Sie sind kühl, dachte er, das ist angenehm. Soll ich noch einmal aufstehen und mich verbeugen? Besser nicht, ich will keine Unterbrechung mehr. Im Schatten des Flügels dehnte er zwischen seinen Knien noch einmal seine Finger, um auch den Rest der Steifheit abzuschütteln. Ünal hatte sich gesetzt, Paul wartete, bis es an der Zeit war, zu beginnen.

Mit den Bach-Bearbeitungen zog er das Publikum zu sich, er spürte Nähe und Zustimmung. Das hatte er erreichen wollen. Ob sie wissen, dass es Choral-Bearbeitungen sind, dachte er, ob sie das als Muslims stören würde? Der Türkische Marsch von Beethoven wäre sicher geschickter gewesen, aber zu einfältig an diesem Ort. Er machte kaum eine Pause zwischen den beiden Stücken und schloss auch die Beethoven-Variationen dicht an. Das kam gut! Das waren Übungsstücke aus dem Studium und sie machten ihm keine Probleme. Er hatte sie gewählt, um sich sicher zu fühlen, aber nicht nur deswegen. Er empfand beinahe körperlich, wie die Zuhörer die *Lieder ohne Worte* in sich aufnahmen und zu genießen schienen, betroffen waren vom letzten Stück, *Schäfers Klagelied*. Ein Stück für unseren kleinen Schafhirten, dachte er und lächelte. Ob Leyla das bemerken würde? Nach dem furiosen Chopin-Stück applaudierte der Saal, man hörte Bravorufe und viele standen auf.

Paul verbeugte sich und ging mit schnellen Schritten auf die Treppe zu und in jenen Raum, den er vorher verlassen hatte. Ein großer Blumenstrauß stand auf dem Tisch, ohne einen begleitenden Zettel. Er lächelte vor sich hin. Hatte das schon für Blumen gereicht? Kamen sie von Fahriunusa? Er legte seine Jacke ab, damit sein verschwitztes Hemd trocknen würde. Dann schrieb er für den jungen Ünal einen Zettel mit den folgenden Stücken. Es würde schwerer für ihn werden. Es war nicht angenehm, jetzt so allein zu sein, aber er hätte es auch nicht ändern wollen. Ob Leyla noch kommen würde?

Als er den Saal wieder betrat, begrüßte ihn das Publikum mit Beifall. Aus Ünals Ansage verstand er nur die Namen der Komponisten, die er von seinem Zettel ablas: Robert Schumann, verstand er, und *Carnaval* und Moszkowski und Franz Liszt. Aus *Carnaval* hatte er einige Passagen gewählt, die ihn nicht überfordern würden. Nur Fahriunusa und er würden wissen, dass dieses Stück für sie gedacht war, eine Erinnerung an ihre große unglückliche Liebe in Berlin. Das intime Geheimnis inmitten der vielen Menschen stärkte ihn! Nur für sie würde er diese Stücke spielen. Vor Moszkowski hatte er Angst, er würde es langsamer spielen müssen als vorgeschrieben. Wenn es ein bisschen schief ging, würde er das mit dem Liszt-Stück wieder wettmachen. Der ungarische Meister hatte es *Consolation* genannt. Damit könnten alle versöhnt sein. Oder verstört?

Während er spielte, fühlte er, wie sein gerade getrocknetes Hemd wieder schweißnass wurde. Der Junge wird schon schlafen, dachte er, und: Ist Leyla eigentlich im Raum? Habe ich noch keinmal gepatzt? Habe ich nicht darauf geachtet? Sicher, Moszkowski war ein Russe, aber sein Publikum würde das akzeptieren. Oder war er Pole? Machte das einen Unterschied für Türken? Da gab es Kriege mit den Russen, oder? Viel zu virtuos für mich, dies Stück ... falsche Entscheidung, zu spät ... Ein bisschen Angeber ist jeder ... Vielleicht ist das Konzert zu lang ... Schumann aus dem Rheinland, genau wie Alexander. Wie schön die Satzbezeichnungen bei Schumann sind: Préambulo, Chiarina, Chopin-Agitato, Valse allemande, Marsch der Davidsbündler. Wieso kann ich mich konzentrieren und doch andere Gedanken haben? Seine Kräfte mussten bis Franz Liszt reichen, oder bis zum nächsten Reifenwechsel am Straßenrand. Er lächelte wieder, als er mit dem letzten Stück begann. Das war sein Rückzug, obwohl das scheinbar leichte Stück seine ganze Körperkraft forderte, dieses Liszt-Stück konnte er Tag und Nacht und ohne Noten spielen. Sie würden schon ein bisschen applaudieren, dachte er, laut genug war das

Stück ja. Ob Fahriunusa zufrieden ist mit mir? Er warf ihr einen Blick zu, um ihr Gesicht zu sehen. Er sah ein Lächeln, als stiege die Sonne an den Himmel. Mit seiner ganzen verbliebenen Konzentration widmete er sich den spielerischen, aber schweren Läufen. Seine Schultern schmerzten, aber seine Finger genossen ihr Eigenleben und die Töne behaupteten sich sanft, stark und lockend in diesem Raum, langsam und heiter zum Schluss hin. Die letzte, so einsame Fermate war ein guter Abschied.

Er buchstabierte für sich den goldenen Schriftzug am Flügel und nahm langsam den linken Fuß vom Pedal. Dann erhob sich von seinem Stuhl, ging nach vorn und verbeugte sich.
Während er sich immer wieder für den heftigen Beifall bedankte und Blumen der Frau des Botschafters entgegennahm, fühlte er, dass auch seine Jacke durchgeschwitzt war. Ich werde hier eine Reinigung finden müssen, dachte er, dies war außerdem mein letztes sauberes Hemd. Ich werde sie alle im Waschbecken durch das Wasser ziehen, dachte er, wie ich in Hamburg meine Hemden wasche. Mit der Tubenseife. Er lächelte ins Publikum und verließ die Bühne.

17

Auf dem geräumigen Balkon der Residenz, dessen Stufen in einen parkähnlichen Garten führten, summte es wie in einem Bienenstock. Als der Applaus verklungen war, hatte die Dienerschaft bereits Fackeln entzündet und Tische mit Speisen und Getränken herausgestellt. Die Gäste griffen nach den Gläsern und den kleinen türkischen und deutschen Leckereien, welche die Botschaft für sie bereithielt. Die türkischen Diener in ihren schwarzen Anzügen und blendend weißen Hemden liefen eilfertig umher, damit sich keiner der Gäste vernachlässigt fühlte. Immer wieder verbeugten sich Menschen, die er nicht kannte, vor Paul, um ihm zu gratulieren und sein Konzert zu loben. Er dankte höflich, aber er war abwesend. War es die Anstrengung, war es das Gespräch mit Leyla, das ihn noch beschäftigte? Fand er die Euphorie der Leute unangemessen? Ich habe nicht schlecht gespielt, sagte er sich. Sicher nicht besser als sonst, aber es war eine andere Nähe zu diesen Stücken gewesen, die ihn vom ersten Anschlag an überrascht hatte. Er hatte etwas geben wollen. Zu seiner Überraschung war es ihm jetzt gleichgültig, etwas anderes beschäftigte ihn. Da verbarg sich viel mehr in den Stücken, als er in Erinnerung hatte. Einen Teil ihrer Seele hatten ihm die Komponisten gezeigt wie nie zuvor. Oder was war es? Wie unbekümmert ich gespielt habe, welcher Unsinn ist mir durch den Kopf gegangen ...

Er suchte Leyla mit den Augen. Sie stand ein paar Meter entfernt mit irgendwelchen Leuten und schien sich angeregt zu unterhalten. Er sah, wie der Botschafter, ein großer blonder Mann von vielleicht fünfzig Jahren, sich in ihren Kreis drängte und auf sie einredete.
Sie folgte ihm und beide gingen die Treppe in der Empfangshalle hinauf. Paul ging möglichst unauffällig bis an den Treppenaufgang und sah sie hinter einer hohen Tür verschwinden.

Er war wie gelähmt. Es konnte kaum anders sein, es würde um den Jungen gehen. Was sonst hatte der Botschafter mit ihr zu bereden? Er fühlte Panik in sich aufsteigen. Was sollte er tun, brauchte sie seine Hilfe? Er konnte unmöglich einfach die Treppe hinaufstürzen und in den Raum eindringen ...
Mein Gott! Hätte ich sie doch überreden müssen, die Rückfahrt nach Yeniköy abzubrechen? Nein, das auf keinen Fall! Kann ich sie jetzt allein lassen? In seiner hektischen Ratlosigkeit entschuldigte er sich bei den Deutschen, die ihn in ein Gespräch über Johannes Brahms und Hamburg gezogen hatten, um Fahriunusa zu suchen. Er musste mit ihr reden, mit wem sonst, und drängelte sich durch die Menge.
Sie saß auf einem roten Plüschsofa im Nebenraum und sprach mit ihrer gleichaltrigen Freundin, die er schon in der Oper begrüßt hatte. Unhöflich unterbrach er ihr Gespräch.
»Kann ich Sie einen Augenblick sprechen? Es ist wichtig.

Kommen Sie bitte.« Er zog sie in den Schatten der Treppe.
»Der Botschafter hat Leyla zu sich gerufen.«
Sie nahm seine Hand.
»Und das macht Ihnen Sorgen? Beruhigen Sie sich ... Sie weiß sich schon zu helfen. Ich glaube, das muss sie allein durchstehen.«
»Aber Sie wissen ja nicht, um was es geht, verdammt!«
»Sie müssen lernen, so etwas ein bisschen auf türkische Weise zu sehen. Lassen Sie geschehen, was geschehen muss. Eure Geschichten gehen mich ja eigentlich nichts an, mein Lieber. Dass da etwas ist, weiß ich, so etwas spürt man, wenn man jemanden sehr lieb hat. Aber Leyla weiß immer, was sie tut, auch wenn sie Angst hat. Dann besonders. Sie ist nicht dumm und hat außerdem einen Schutzengel.«
Paul biss sich auf die Fingerknöchel, bis sie schmerzten. Das Gefühl, etwas tun zu müssen, und seine Ohnmacht marterten ihn.

Der Botschafter kam in aufrechter Haltung und mit unbewegtem Gesichtsausdruck die Treppe hinunter, wenig später folgte Leyla. Sie war blass und schien in sich gekehrt. Sie hielt einen Aktendeckel in der linken Hand. Paul rannte die Treppe hinauf und zog sie in den kleinen Raum, wo seine Blumen standen und wo jemand die Noten hingelegt hatte.
»Mein Gott, was ist passiert?« Sie schien ihn erst jetzt wahrzunehmen und lächelte.

»Was ist passiert?!« Er streichelte ihre Hand. Sie ließ sich auf einen Stuhl fallen und begann langsam zu erzählen, so als solle jedes Wort sein Gewicht haben.

»Dieser Klugscheißer. So habe ich ihn immer genannt. So ein hinterhältiger deutscher Musterdiplomat!«

»Nun mach schon ...«, drängte er.

»Nein, langsam. Das geht nicht so schnell ... Wie ich gleich geahnt habe, hatte er die Akte des Jungen bereitliegen, nur diese Akte auf einem riesigen Schreibtisch. Kannst du dir das vorstellen? Ich habe natürlich gewusst: So, jetzt kommt das dicke Ende. Aber mir war das irgendwie egal. Es wäre nur folgerichtig gewesen, wenn er mich rausgeschmissen hätte. Ich wollte mir nur um alles in der Welt keine deutschen Moralpredigten anhören.

Er schlägt also die Akte auf und blättert darin, ziemlich unkonzentriert. Wahrscheinlich hatte er vorher alles schon gelesen.

– Setzen Sie sich doch, Leyla ... Da war also kein behindertes Kind in diesem Dorf, wie hieß es denn noch gleich ...?, fragte er.

Ich schüttelte den Kopf.

– Seltsam, sagte er und blätterte wieder in den Papieren, mit dem Jungen da ist wohl alles sehr ungewöhnlich gelaufen ...

Er blickte mich an. Ich wusste nicht, was ich sagen sollte, und schwieg.

– Also, da hat doch dieser Arzt in Duisburg vom Heim »Lebenshilfe« kein Wort von einem Türken gesagt, obwohl der, wie hier jetzt steht, monatelang sein Kind be-

sucht hat. Alle haben es gewusst, aber keiner hat was gesagt. Darum tappte die Polizei in Deutschland so lange im Dunkeln. Verstehen Sie das?
Ich schüttelte den Kopf.
– Dann blieb der Verwaltungsvorgang monatelang bei irgendwelchen Behörden liegen, in Düsseldorf. Und dann hier in Ankara. Niemand schien Lust zu haben, sich darum zu kümmern. Hätte nicht irgendein kleiner übereifriger deutscher Beamter, der in Düsseldorf die Akte in die Finger bekam, nachgeforscht und zufällig eine frühere Kollegin der Mutter ... wie hieß sie denn noch gleich ... gefragt, läge die Sache immer noch unerledigt in Deutschland herum. Aber schließlich musste das ja weitergehen, irgendwie ...
Er lächelte ironisch und tippte mit einem Finger auf den Ordner.
– Irgendwie kam sie nach Ankara, mit der Adresse des vermeintlichen Vaters, des Tatverdächtigen, des Kindesentführers. Und hier lag sie wieder ein paar Wochen, bis sie zu uns kam ... Sind ja bekannterweise nicht die schnellsten, diese Türken ... In dem Fall kann ich das sogar verstehen, denn ist es nun ein türkisches Kind oder ein deutsches Kind? – und dann noch schwer behindert ... Mit so einem Fall kann sich kein Beamter Lorbeerkränze verdienen, weder in Deutschland noch in der Türkei ...
Er blickte mich an.
– Und jetzt kommen Sie und sagen mir, da sei kein behindertes Kind bei diesem ... diesem Rauf Karpat. Und von einem Vater weit und breit keine Spur ... Richtig, der

ist wieder in Deutschland. Asaf heißt er, hier ist sogar ein Foto. Arbeitet bei Thyssen in Duisburg ... Da war ich mal als Werkstudent, stellen Sie sich das vor! Da haben wir ihn ja ...
Er hob die Akte und zeigte mir das Passbild. Ein richtiger Anatolier, mächtiger schwarzer Schnurrbart und ein auffallend vornehmer Anzug.
– War denn da überhaupt kein Kind, auf das die Beschreibung passen könnte?
Er sah mich direkt und forschend an. Ich nahm mein bisschen Mut zusammen.
– Ja, da war ein Enkelkind. Aber es war nicht behindert und es sprach türkisch. Das war nicht das, was ich suchen sollte.
Nun kommt es, dachte ich, noch eine Frage, und die Dinge nehmen ihren schlimmen Lauf. Er schien nachzudenken. Schließlich fuhr er fort:
– Also, Leyla, die Adresse ist richtig, kein Zweifel. Und so viele Rauf Karpats wird es da unten auch nicht geben, wie Sie offensichtlich vermuten ... Wir müssen natürlich irgendwann die türkischen Behörden noch einmal hinschicken, vielleicht war das Kind ja irgendwo versteckt. Die finden es sicher ...
Er beugte sich über irgendein Schriftstück, als sei es besonders interessant, aber ich sah, dass er mich aus den Augenwinkeln beobachtete.
– Ich weiß nicht so recht ... Ich kann die Sache auf keinen Fall auf sich beruhen lassen. Das versteht sich von selbst, nicht wahr?

Er blickte mich an, als erwarte er eine Antwort von mir. Ich schwieg. Dann stand er auf.

– Sie wissen, Leyla, dass wir Sie alle schätzen. Sie haben die Sache nun einmal in der Hand und es ist das Beste, wenn Sie sie in Ihrer Verantwortung behalten. Hier ist die Akte, nehmen Sie sie an sich! Ich muss morgen nach Izmir zur Industrieausstellung und dann, Sie wissen ja, der Außenminister will die Waffenfabrik in Kirikkale besuchen ... Ich habe viel zu viel zu tun, um das alles jetzt in Gang zu bringen. Wenn alle den Fall einfach liegen lassen, dann kann er auch noch ein bisschen warten. Sehen Sie zu, wie die Sache weitergehen könnte, rufen Sie mal beim Sozialministerium an, beim Roten Halbmond, egal ... Sie wissen schon, was man da alles machen kann ...

Er machte eine lässige Handbewegung, zupfte an seiner Krawatte und ging vor mir auf und ab.

– Wenn das Kind wirklich therapeutische Hilfe braucht, dann kommt sie jetzt ohnehin zu spät! Ich sehe keinen Grund zu übertriebener Eile. Legen Sie mir die Sache persönlich vor, wenn ich wieder hier bin und Zeit für so was habe. Dann sehen wir weiter ...

Er strich sich das Kinn, als sei er noch unschlüssig.

– Es ist ja auch gar nicht sicher, wer der Vater ist ... Verworrene Geschichte!

Er schüttelte den Kopf und knöpfte seine Jacke zu, um wieder zu seinen Gästen zu gehen. Ich stand auf. Er schüttelte mir die Hand.

– Ich danke Ihnen sehr für Ihre Mühe. Wie ich hörte, haben Sie Ihren Urlaub dafür geopfert. Eigentlich sollte

ich Ihnen dafür noch ein paar Tage freigeben, aber Sie wissen ja, ich bin jetzt weg, und wir haben viel zu tun. In zwei Wochen kommt die deutsche Buchausstellung mit ihrer chaotischen Mannschaft. Da brauchen wir Sie!
An der Türe drehte er sich noch einmal um.
– Ja, warum habe ich Sie eigentlich noch zu diesem Gespräch gebeten? Da war noch was ... Ach ja! Gutes Konzert, fabelhaft. Der junge Mann wird noch mal was ... Einen schönen Abend noch. Und grüßen Sie mir Ihre Großmutter. Bewundernswerte Frau! Habe ihren verstorbenen Mann noch gekannt. Na, vielleicht sehe ich sie ja noch draußen.«

Leyla bog den Aktendeckel gedankenverloren in den Händen.
»Du meinst, er hat alles gewusst?«
»Zumindest geahnt hat er es. Sonst hätte er nicht solche Eiertänze aufführen müssen, es mich wissen zu lassen, ohne es auszusprechen. So etwas darf sich ein deutscher Botschafter nicht erlauben.«
»Oder wollte er dich zu irgendwas provozieren?«
»Das glaube ich nicht. Aber um sicher zu sein, wollte er meine Reaktionen sehen und mich ein bisschen auf die Folter spannen. Das ist ihm gelungen. Als ich von dem Jungen bei den Karpats sprechen musste, da dachte ich, jetzt ist es passiert. Aber er fragte nicht nach und da wusste ich, dass er gar nichts Genaueres hören wollte, weil er schon genug wusste oder ahnte ... Ich bin völlig fertig.«
Ihr gelang trotz der Anspannung ein Lächeln.

»Das heißt ...?«, fragte er zögernd. Sie lächelte jetzt befreit.

»Ja, das heißt es!«

Sie blätterte in den Papieren.

»Es sei denn«, sie machte eine Pause und runzelte ihre Stirn, »es sei denn, er führt noch etwas im Schilde, von dem ich keine Ahnung habe. Diplomaten sind selten ganz aufrichtig, nicht einmal dann, wenn sie die Wahrheit sagen wollen. Aber das ist jetzt gleichgültig. Sollen die Dinge doch ihren Lauf nehmen.«

Sie öffnete die Akte und zeigte Paul das Passfoto von Asaf Karpat.

»Natürlich ist er der Vater ... Oder?«

Paul nahm die Akte in die Hand. Der bärtige Mann trug auf seinem dunklen Anzug einen leichten Silberflitter.

»Sicher ist er das! Wer sollte es sonst sein?« Leyla verstand sein Lächeln und küsste ihn auf die Wange. Von einer äußeren Ähnlichkeit Alexanders mit diesem Asaf Karpat war, von den dunklen Haaren abgesehen, nicht viel zu erkennen. Paul gab ihr die Papiere zurück.

»Ich hoffe, der deutsche Sohn wird sich später ein bisschen geschmackvoller kleiden als der türkische Vater.«

Sie warf einen ironischen Blick auf seinen nicht mehr ganz vorzeigbaren Anzug und die schief hängende Krawatte. Sie zupfte eines seiner Hosenbeine hoch und verzog das Gesicht wegen seiner hellen Socken unter dem dunklen Anzug.

»Wer das sagt, hat allen Grund, sich an die eigene deutsche Nase zu fassen.«

Sie gingen die Treppe hinunter. Aus dem Foyer war der Lärm der letzten Gäste zu hören. Durch die Fenster sahen sie, wie sich der Mond aus den Wolken schob und sein Licht auf die Dächer und Blätter der Palmen streute. Die Dienerschaft löschte auf dem Balkon die Fackeln und räumte die Tische ab. Man hörte draußen Stimmen und die Wagen vorfahren. Fahriunusa erschien, schon ihr Tuch um die Schultern gelegt, um sie zu suchen. Weder sie noch ihre Tochter stellten Fragen. Fahriunusa schlug vor, trotz der vorgerückten Stunde eine Bar aufzusuchen, wo es den besten Bauchtanz gab und wo man nach alten türkischen Rezepten kochte. Paul und Leyla waren sofort einverstanden. Paul hatte Hunger und beide verspürten eine unbändige Lust, in Gesellschaft von vielen Menschen zu sein.

Als sie abfuhren, verloschen in der Botschaft nach und nach die Lichter in den Fenstern.

Leyla und Paul tanzten bis zum Morgengrauen. Fahriunusa und Fahriye hatten um Mitternacht diskret ein Taxi genommen.

18

Sonnenverbrannt, verstaubt und erschöpft kehrten sie am Sonntag gegen Abend aus den Bergen zurück. Fahriunusa empfing sie an der Tür.

»Da warten zwei Männer auf dich, Leyla. Sie wollten nicht sagen, um was es geht. Türken, aber beide sprechen Deutsch. Was hast du nur für seltsame Bekannte?«

»Ich erwarte niemanden«, aber sie ahnte, wer da gekommen sein könnte, »wo sind sie?«

»Auf der Veranda im Garten. Ich habe ihnen Tee und Gebäck gebracht. Sie wollen erst wieder gehen, wenn sie dich gesprochen haben.«

»Sag ihnen, ich komme. Ich will nur duschen und mir andere Sachen anziehen, wir sind völlig verdreckt. Komm mit, Paul.«

»Willst du ihn auch noch den Rest des Tages mit Beschlag belegen?« Fahriunusa hatte sich bei ihm eingehakt.

»Du bekommst deinen Liebling schon früh genug, keine Sorge. Jetzt brauche ich ihn.«

Als sie wenig später auf die Veranda traten, erhoben sich zwei Männer aus den Gartenstühlen. Der eine war schlank und trug einen modischen braunen Anzug, der zweite war groß und mächtig, in dunkler Kleidung. Beide hatten Schnurrbärte. Leyla und Paul erkannten den größeren der beiden sofort als Asaf Karpat.

Als sie ihn begrüßt hatten, stellte er ihnen Rasih Peker als seinen Freund vor. Sie sprachen deutsch, Leyla wollte, dass Paul alles verstand.

»Er ist Deutscher und mein Freund, er war mit mir in Yeniköy. Wir können offen über alles sprechen.«

Sie setzten sich.

»Wie geht es unserem kleinen Iskender, wo steckt er?«, fragte Leyla.

»Bei guten Freunden hier in Ankara.«

»Das habe ich mir gedacht. Gut, dass er hier ist. Warum haben Sie ihn nicht gleich mitgebracht?« Leyla lächelte, Paul glaubte zu wissen, warum.

Die beiden Männer drucksten herum, die Frage war ihnen sichtlich peinlich.

»Sie wollten erst einmal sehen, ob Sie mir vertrauen können, oder?«

Asaf nickte und Rasih sagte:

»Sie müssen das entschuldigen. Wir kennen Sie nicht. Ich war es, der Asaf geraten hat, vorsichtig zu sein. Ich hoffe, Sie können das verstehen.«

»Machen Sie sich keine Sorgen ... Geht es ihm gut? Und Ayşe und Rauf?

»Allah sei Dank, alle sind wohlauf.«

»Wir sind gerade erst von einer Reise zurückgekommen ...«

Asaf sprang hektisch auf und unterbrach sie.

»Verzeihen Sie bitte. Wir können morgen wieder kommen oder übermorgen ...«

»Nein, wir besprechen das jetzt, auch wenn ich die Unterlagen nicht hier habe. Hören Sie gut zu. Sie haben ja meinen Brief bekommen. Inzwischen hat der deutsche Botschafter mir die Angelegenheit verantwortlich übertragen. Ich vermute doch richtig, dass Alexander in Yeniköy bleiben soll?«

Die Männer nickten heftig und hörten gebannt zu.

»Das ist ja alles nicht ganz einfach. Sagen Sie mir bitte, für welche der drei Möglichkeiten, die ich sehe, Sie sich entscheiden:

Alexander könnte mit Ihnen zur Vaterschaftsuntersuchung nach Deutschland reisen. Angenommen, Ihre Vaterschaft wird dort eindeutig festgestellt, ist damit noch nicht sicher, dass er in die Türkei zurückdarf. Man wird das Problem der Psychotherapie und seiner deutschen Staatsbürgerschaft nicht ignorieren können.

Die andere Möglichkeit: Sie machen hier in Ankara eine normale Vaterschaftsuntersuchung. Wenn sie positiv für Sie ausgeht, wäre Alexander immerhin schon einmal hier im Land und man könnte sicher erreichen, dass er gleich hier bleiben kann. Geht sie negativ aus, muss er so oder so nach Deutschland zurück. Dann könnten Sie später versuchen ihn zu adoptieren. Aber das wird schwierig werden, glauben Sie mir!

Die dritte Möglichkeit: Sie machen keine Untersuchung und zahlen einen Betrag, um die Anerkennung als leiblicher Vater zu bekommen. Das ist natürlich illegal und wird, schätze ich mal, dreitausend Dollar kosten. Wir würden von Seiten der deutschen Botschaft keine Probleme machen, denn es gibt keine Angehörigen in Deutschland, die Alexander zurückfordern könnten. Haben Sie dreitausend Dollar, Asaf?«

Asaf Karpat richtete sich in seinem Sessel auf.

»Ich würde für ihn jeden Betrag aufbringen. Aber das will ich nicht, denn ich habe keine Angst vor einer Untersuchung. Rasih hat mir erklärt, durch eine Blutprobe könnte man Vaterschaften feststellen. Da ich der Vater bin, bin ich auch ganz unbesorgt! Man soll es hier in Ankara machen. Ich werde, wenn alles geregelt ist, nicht nach Deutschland zurückkehren. Ich fahre mit meinem Sohn für immer nach Yeniköy.«

»Hören Sie«, Leyla wandte sich mit gedämpfter Stimme an die beiden Männer, »ich sage Ihnen nun meine Bedenken ganz freundschaftlich und vertraulich: Wenn Sie auch nur den geringsten Zweifel haben, ob Asaf Karpat wirklich der Vater ist, er den Jungen aber behalten will, dann wäre es besser zu zahlen.«

»Nein!« Asafs Antwort auf den Vorschlag kam sofort und heftig.

Rasih Peker flüsterte mit Asaf, aber der schüttelte den Kopf. Rasih sprang plötzlich auf und begann mit wilden Gesten auf Türkisch mit Asaf zu schimpfen und auf ihn einzureden. Paul verstand nichts, aber er sah, dass Leyla sich genüsslich zurücklehnte und der Szene interessiert folgte.

»Ich habe gesagt: Nein!«, sagte Asaf schließlich laut und bestimmt, so dass Rasih sich entmutigt setzte.

»Er hört nicht auf mich«, sagte er, immer noch wütend, »ich kann machen, was ich will, dieser anatolische Zie-

gentreiber hört nicht auf mich. Ständig fragt er mich um Rat, aber wenn es wichtig wird, macht er, was er will!«
Er wischte sich wütend mit dem Taschentuch über die Stirn.
»Nun gut, was müssen wir jetzt tun?«, fragte er resigniert.
»Kommen Sie morgen mit dem Jungen um elf Uhr zum Krankenhaus. Ich regele vorher alles mit den Ärzten. Wir fahren zusammen hin, vielleicht ist damit schon alles erledigt.«
»Was kostet es?« Rasih Peker fragte es leise, an Leyla gewandt.
»Vielleicht zwanzig oder dreißig Dollar, mehr sicher nicht.«
»Das meine ich nicht. Wie viel alles andere kostet!«, flüsterte er wieder.
»Antworte du ihm, Paul.«
»Ich verstehe nicht.« Paul sah sie fragend an.
»Was wir beide, du und ich, bei dem Geschäft verdienen wollen. Für unsere Aufwendungen, für die Bereitschaft, die Sache auf unsere Art zu regeln. Das ist doch nicht so schwer zu verstehen, oder?«
Rasih Peker nickte ein wenig verlegen. Asaf zog seinc Brieftasche.
»Fragst du mich das im Ernst?« Paul war verwirrt.
»Natürlich, das ist so üblich bei uns, darüber zu verhandeln.« Leyla sah ihn in stoischer Ruhe an. Paul war wütend auf sie, weil sie ihn da hineinzog und ihren Spaß daran hatte, aber er grinste schließlich.
»Vielleicht ein Abend in jener Bar ...?«

Asaf lächelte misstrauisch. Als Leyla es bemerkte, fügte sie hinzu:

»Es ist alles geregelt, stecken Sie Ihre Brieftasche wieder ein.«

Asaf war noch nicht beruhigt, bis sein Freund ihm ein Zeichen gab.

Die beiden Männer verabschiedeten sich. Tee und Gebäck, das ihnen Fahriunusa hingestellt hatte, hatten sie in ihrer Aufregung nicht einmal angerührt.

In der Eingangshalle zum Hospital sahen sie Alexander wieder. Er trug, wie sein Vater, einen dunklen Anzug und eine rote Krawatte. Er küsste ihnen artig die Hände und führte sie dann an seine Stirn.

»Den Kuchen haben wir gemeinsam gegessen«, sagte er, »ich habe jetzt auch Ziegen in meiner Herde, Angoraziegen. Achtzehn, alle zusammen.«

Ein Arzt holte sie ab, führte sie in einen Behandlungsraum und nahm eine unkomplizierte Blutprobe aus Asafs Armvene. Alexander ließ die Prozedur willig und ohne Fragen zu stellen über sich ergehen. Zwei Ärzte in weißen Kitteln nahmen ihn und Asaf kurz in Augenschein und unterhielten sich leise.

Im Warteraum saßen sie allein. Leyla und Paul waren in die Gartenanlagen hinausgegangen, man würde sich später sehen, wenn alles erledigt sei.

Alexander hatte sich ein Comicheft geholt und blätterte darin. Asaf war erregt und ging im Zimmer auf und ab. Sein Freund erhob sich und murmelte, er müsse zur Toilette.

Mehmed Rasih Peker ging an den Toiletten vorbei durch einen langen menschenleeren Gang und blieb schließlich vor der letzten Tür stehen. Es schien, als sei er sich nicht im Klaren darüber, was er tun sollte, strich sich mit der Hand über die Haare und blickte den Gang entlang. Diese verdammte Bar in Duisburg, dachte er. Bilder zogen vorbei. Ein verschlissenes Sofa und das Nachtgespräch mit Asaf, die blonde Agnes, das Unglück seines Freundes, Briefe, Ayşe und Rauf am Ziegengatter, die Suche nach Alexander, sein verstörtes versteinertes Gesicht, als sie ihn endlich gefunden hatten.
Das, was er tun wollte, widersprach allen seinen sonst so vernünftigen Prinzipien und brachte sein Inneres doch kaum in Unordnung. Manche Probleme sind schwieriger als andere, hätte Rauf Karpat gesagt. Bei der Erinnerung an die Redensart des Alten aus Yeniköy lächelte er und seine innere Erregung wich langsam einer heiteren Ruhe. Entschlossen öffnete er die Türe.
Die beiden Ärzte in weißen Kitteln saßen an einem Tisch und rauchten. Sie schienen ihn erwartet zu haben. Rasih wollte es schnell hinter sich bringen.
»Wie viel?«, fragte er.
»Zwei, wie abgemacht. Den günstigen Preis haben Sie der Dame von der Botschaft zu verdanken. Ohne Quittung! Und kein Wort darüber! Wenn es herauskommt, werden wir alles abstreiten.«
»Was hat denn die Frau damit zu tun?«, fragte Rasih misstrauisch. Er war sichtlich verwirrt.
»Nichts, gar nichts«, beeilte sich der Arzt ihn zu beruhi-

gen, »sie wollte nur am Telefon den Preis von uns wissen. Für den Fall, dass Sie ... Vielleicht hat sie etwas von dem geahnt, was Sie vorhaben?«

»Es geht diese Frau nichts an, es ist eine Sache unter uns! Wo sind die Blutproben?«

Einer der Ärzte nahm zwei Röhrchen vom Tisch, betrachtete den roten Inhalt und ging an das Waschbecken.

»Sind Sie sicher, dass Sie es so wollen?«

»Ja.«

»Und der andere draußen, Ihr Freund?«

»Der hat damit nichts zu tun!«

Der Arzt goss das Blut aus und spülte die Gläser, trocknete sie umständlich ab und stellte sie wieder in den Ständer auf den Tisch.

»Vielleicht ist er ja tatsächlich der Vater!« Der zweite Arzt erhob sich bei diesen Worten und stellte sich ans Fenster.

»Natürlich ist er das!« Rasih Peker zog bei diesen Worten seine Brieftasche aus der Jacke.

»Und warum dann das Ganze? Eine normale Untersuchung wäre für euch viel billiger gewesen.«

»Weil ich es so will«, sagte Rasih ernst und blätterte zweitausend Dollar auf den Tisch.

»Wir halten alle den Mund. Und Sie auch!«

Der ältere der beiden Ärzte trat vom Fenster an den Tisch, starrte nachdenklich auf das Geld und verständigte sich mit einem kurzen Blick mit seinem Kollegen. Der nickte unmerklich. Er nahm die Hälfte der Scheine, steckte sie in die Hosentasche. Die andere Hälfte schob er Rasih zu.

»Das reicht schon so. Wenn er doch tatsächlich der Vater ist ...«, murmelte er vor sich hin.
Rasih versicherte sich mit einem Blick, dass es ernst gemeint war. Er nahm das Geld und kehrte zurück.
Noch in der Tür des Warteraums brachte er umständlich seinen Gürtel in Ordnung und tat so, als trocknete er seine Hände am Taschentuch ab.
Asaf hatte ein Fenster geöffnet und rauchte nervös.
»Mach dir doch keine Sorgen«, beruhigte ihn Rasih, »es wird nicht mehr lange dauern.«
Dann nahm er eine Illustrierte und schien sich in die Lektüre zu vertiefen. Aber seine Hände zitterten.

Das Ergebnis erfuhr Asaf bereits eine halbe Stunde später. Die Bescheinigung über seine unzweifelhafte Vaterschaft wurde sofort ausgestellt. Die beiden Ärzte drückten Asaf die Hand, strichen Alexander über das Haar und verabschiedeten sich.
Leyla war mit Paul hereingekommen. Sie versprach, die Ausbürgerungsurkunde und neue Papiere für Alexander nach Yeniköy zu schicken, Asaf möge unbesorgt abreisen.

Sie standen am Wagen auf dem Parkplatz des Hospitals und sahen den beiden Männern und dem Kind nach. Sie führten Alexander zwischen sich an der Hand und Asaf schien auf ihn einzureden. Leyla und Paul hatte er von seinen Plänen in Yeniköy erzählt, von einem neuen Wohnhaus und dem Kauf einer eigenen größeren Weide für Mutterschafe. Die beiden würden ihre Sachen holen und den nächsten Bus in den Süden nehmen. Rasih wollte nach Deutschland zurück, hatte er gesagt, und vielleicht noch studieren.

Leyla startete den Wagen. Sie brachte Paul nach Hause und fuhr dann in die Botschaft, um ihre Arbeit wieder aufzunehmen. Paul hatte Fahriunusa versprochen, am Nachmittag zum Abschied Beethovens *Appassionata* zu spielen. Am nächsten Tag würde er nach Deutschland zurückkehren.

Während er am Flügel saß und spielte, versuchte seine ältere Freundin den veränderten Ausdruck auf seinen Gesichtszügen und in seiner Körperhaltung zu deuten. Dieses Lächeln hinter seinen Augen, diese selbstverständliche Gewissheit blieben unverändert, ob er die leidenschaftlichen Passagen des schweren Stückes spielte oder die sanften, liedhaften Teile. Vielleicht war das alles schon immer da, dachte sie, und ich habe diesen Burschen nur nicht richtig wahrgenommen. Vielleicht ist es einfach nur der Glanz, den jede Verliebtheit schenkt. Oder ich alte Frau beginne ihn wie einen Sohn anzusehen.

Ende

Zu diesem Buch

Die Geschichte des Kindes einer deutschen Prostituierten und eines türkischen Gastarbeiters hat sich in den 1960er Jahren zugetragen. Der Vater entführte seinen Jungen aus einem Heim für »Schwachsinnige« und brachte ihn auf abenteuerlichen Wegen in ein türkisches Dorf zu seinen Eltern, wo er mit den Großeltern lebte und mit den Dorfkindern die Schafe hütete. Das Kind wurde nach fast einem Jahr von den deutschen Behörden zurückgefordert und in ein Heim nach Deutschland gebracht.

Fahriunusa B. hat bis zu ihrem Tod 1975 in Ankara gelebt. Sie war die Tochter des Generals Asaf und seiner Frau Vedia. Einer ihrer Vorfahren im 18. Jahrhundert war der Großwesir Halil Hamit Pascha, der wegen seines Vorschlages, einen geordneten Staatshaushalt zu schaffen, enthauptet wurde.

Die Geschichte von der Entführung des Kindes und der erzwungenen Rückführung nach Deutschland hat der Autor von Fahriunusas Tochter Leyla P. erfahren, die in der deutschen Botschaft in Ankara angestellt war. Sie starb im Todesjahr ihrer Mutter. Der Autor verdankt Leylas Söhnen Ali Baha in Ankara und Asaf in Berlin Einzelheiten aus dem Leben ihrer Familie, dem Maler Ismail Çoban aus Wuppertal Hinweise zur Kultur der Alewiten.

Alle anderen Ähnlichkeiten mit lebenden Personen oder Ereignissen wären rein zufällig.

Hermann Schulz

Auf dem Strom

Roman. 123 Seiten. SP 3005

Tansania im Osten Afrikas zur Zeit der englischen Kolonialherren: Die Frau des deutschen Missionars Friedrich Ganse stirbt an einem tropischen Fieber, seine Tochter Gertrud ringt mit dem Tod. Fünf Tage rudert Ganse, erschöpft und verängstigt, mit dem kleinen Mädchen auf einem gefährlichen Strom bis zum nächsten Hospital. Nur dort könne man sie retten, haben die Leute im Dorf gesagt – und er soll immer mit ihr reden! Widerstrebend folgt er diesem Rat, und tatsächlich kann er so sein Kind aus dem Koma holen. Er erzählt ihr während der ganzen Reise von seiner eigenen Kindheit, seinem Vater, seinen Wünschen, seinen Träumen. Fünf Tage sind sie allein auf dem Strom, ausgesetzt der Hitze und den tropischen Gewittern, den Gefahren von Krokodilen und reißenden Stromschnellen. Nur die Nächte verbringen sie in den Dörfern, wo immer hilfreiche Hände zur Stelle sind. Fünf Tage, die Vater und Tochter einander so nahe bringen wie nie zuvor. Eine einzigartige Geschichte auch über das sinnliche, spirituelle Afrika.

»Eine Geschichte, die alles Nebensächliche abgeworfen hat, die atmosphärische Dichte und Sinnlichkeit in wenige Worte zaubert ... Eine Entdeckung, eine erzählerische Kostbarkeit.«
Die Zeit

Iskender

Roman. 231 Seiten. SP 3134

»Mit so viel Herzenswärme und, besonders bei den bewunderungswürdigen starken Frauen in der Geschichte, mit so viel Herzensklugheit läßt sich wohl ein Stück richtiges Leben erreichen.«
Frankfurter Allgemeine Zeitung

Marcel Pagnol

Marcel und Isabelle

Die Zeit der Geheimnisse. Eine Kindheit in der Provence. Aus dem Französischen von Pamela Wedekind. 195 Seiten. SP 2427

Die paradiesische Ferienidylle des elfjähigen Stadtjungen Marcel, der den Sommer mit seiner Familie in der Provence verbringt, erfährt einen jähen Einbruch in Form eines blonden, verzogenen Geschöpfs, das sich vor Schlangen fürchtet: Die tyrannische Isabelle tritt in Marcels Leben und macht ihn zu ihrem Knappen. Nun eröffnet sich das ganze Spektrum kindlicher Liebe, die in ihrer Absolutheit und Grausamkeit Marcel in heillose Verwirrung stürzt, ihn aber zugleich auch die großen Dinge des Lebens erahnen läßt. Behutsam nähert sich Marcel Pagnol seiner eigenen Kindheit und bewahrt dadurch Distanz, aber auch Zärtlichkeit und Ironie.

Die Wasser der Hügel

Roman. Aus dem Französischen von Pamela Wedekind. 423 Seiten. SP 2428

Wieder ist es die südfranzösische Heimat, die Provence, in die Marcel Pagnol uns führt. Es geht nach Les Bastides Blanches, ein Bergdorf in der Sonnenglut der Hochebene bei Marseille, dessen hundertfünfzig Einwohner zu den wenigen Nachkommen der gallischen Urbevölkerung des Landes gehören. Im Mittelpunkt stehen ein Alter und sein Neffe, die, von Habsucht besessen, einen Berghof wegen seiner Quelle an sich bringen, den früheren Besitzer ermorden und seinen Erben, einen Buckligen aus der Stadt, in den Tod treiben. Aber beide scheitern an sich selbst – und an Manon, der schönen Tochter des Buckligen, dem Quellenmädchen, das zur faszinierenden Lichtgestalt des Romans wird.

Die Eiserne Maske

Der Sönnenkönig und das Geheimnis des großen Unbekannten. Aus dem Französischen von Pamela Wedekind. Vorwort von Kasimir Edschmid. 272 Seiten. SP 2775

Stephan Krawczyk

Bald

Roman. 361 Seiten. SP 2859

Der junge Familienvater Roman Bald ist ein sympathischer Taugenichts und Arbeitsverweigerer. In seiner provinziellen Heimatstadt gilt er als verrückter Spinner. Als Mitglied der »Gesellschaft zur Bewahrung des Großen Kanons« kann er seiner etwas ungewöhnlichen Leidenschaft nachgehen, nämlich Wörter sinnstiftend zusammenzufügen. Überall im Land brüten die Teilnehmer über den regelmäßig verschickten Rätselbriefen und suchen bei ihren Treffen gemeinsam nach der Lösung. Was sie nicht wissen: Ihr harmloses Treiben beunruhigt die Obrigkeit, und aus dem Spiel wird bald bitterer Ernst… Mit einer ganz eigenen Poesie und einem liebevollen Blick für die Geschicke der kleinen Leute erzählt Stephan Krawczyk vom Abenteuer, widerspenstig zu sein.

Radek Knapp

Franio

Erzählungen. 160 Seiten. SP 3187

Bloß fünfzig Kilometer soll es von Warschau entfernt liegen, doch scheint das kleine Kaff Anin hundert Jahre hinter der Zeit zu sein – sogar die wenigen Züge, die hier halten, werden noch mit Dampf betrieben. Dort leben Franio, der Analphabet und wunderbare Erzähler von Lügengeschichten, der junge melancholische Konditor Julius, außerdem Weiberhelden und Weltverbesserer, die alle dem Leben in Anin einen unverwechselbaren Rhythmus geben. Humorvolle Geschichten voller verrückter Details, überraschender Wendungen und viele Wärme.

»Radek Knapp grundiert seine Erzählungen mit diesem flüsterleisen Humor, der seine Wirkung nicht aus der Fallhöhe bezieht, sondern aus dem Wissen um das Bodenlose.«
Frankfurter Rundschau

SERIE PIPER

Shay Youngblood

Soul Kiss

Roman. Aus dem Amerikanischen von Astrid Arz. 330 Seiten. SP 2967

Die kleine Mariah und ihre schöne Mutter Coral verbindet eine enge und intensive Beziehung, die ein plötzliches Ende findet, als Coral von einer unglücklichen Liebesbeziehung aus der Bahn geworfen wird und ihre Tochter bei zwei Großtanten in Georgia in Pflege gibt. Die traurigen Rhythmen des Blues und eine große sprachliche Poesie prägen diesen fesselnden Roman, der das Erwachsenwerden eines jungen Mädchens in den Südstaaten schildert.

Für die siebenjährige Mariah, die ihren Vater nie kennengelernt hat, ist ihre schöne Mutter Coral der Dreh- und Angelpunkt ihres Lebens. Die Tage sind erfüllt von Geschichten, Zärtlichkeiten und von der Geborgenheit, die die Mutter dem kleinen Mädchen gibt. Doch eine gescheiterte Liebesbeziehung wirft Coral aus der Bahn: Sie bringt ihre kleine Tochter zu zwei Großtanten in Georgia – und verspricht ihrer Tochter, sie bald zu sich zurückzuholen. Mariah wartet jahrelang vergeblich und verbringt ihre Zeit mit ihrem Cello, mit Kirchgängen und mit ihrer besten Freundin Joy, die für sie bald mehr ist als nur eine Vertraute. Die Sehnsucht nach ihrer eigenen Familie verzehrt sie so sehr, daß sie sich als Vierzehnjährige zu ihrem Vater, einem Maler in Los Angeles, aufmacht... Shay Youngblood läßt Mariah selbst erzählen und gibt ihr eine ganz eigene zarte Sprache voller Magie.

»›Soul Kiss‹ ist eine bildgewaltige, sensible und spannende Kombination aus romantischem Künstlerroman und modernem Entwicklungsroman.«
Berliner Morgenpost

SERIE PIPER

Adolf Schröder

Der fremde Junge

Roman. 344 Seiten. SP 2597

Robert Bilkowsky, den alle nur Bob nennen, fährt tagsüber Taxi. Die Nächte verbringt er in seinem Atelier. Er ist Maler. Eines Abends findet er einen zehnjährigen Jungen in seiner Wohnung. Bob ist ratlos. Das Kind spricht keinen Ton, sondern verständigt sich mit ihm über Zeichensprache und schreibt verschlüsselte Botschaften auf Papierflieger. Irgend etwas in Bob weigert sich, den Jungen zur Polizei zu bringen. Er fühlt sich auf geheimnisvolle Weise angezogen, traumatische Kindheitserinnerungen werden in ihm wach, und so beginnt eine seltsame Freundschaft, in deren Entwicklung Bob sich immer mehr mit dem Jungen identifiziert. Obwohl ihm das Kind seinen Tagesablauf durcheinanderbringt, seinen Freunde ihn warnen, läßt er sich nicht davon abbringen. Er muß hinter das Gehiemnis dises wundersamen Jungen kommen.

Philippe Blasband

Max und Minnie

Roman. Aus dem Französischen von Anne Büchel. 126 Seiten. SP 3003

Sie biß ihn zur Begrüßung in die Hand – und er war von ihr, seiner kratzbürstigen, unerschrockenen Cousine Minnie, sofort fasziniert. Der kleine, dickliche Max ist zehn, als er die gleichaltrige, dünne Minnie beim Tod seines Onkels zum ertsenmal trifft. Er wohnt allein bei seiner Mutter und hat vor dem Leben ganz allgemein Angst, die er nur durch Unmengen von belgten Broten bewältigen kann. Zwischen Max und Minnie entspinnt sich eine zarte, verschwörerische Liebe, die die beiden aus ihrer inneren Isolation löst: Max' Hunger legt sich, Minnie wird zugänglicher. Sie sind dem großen Glück ganz nah, als ihre Liebe ein jähes Ende erfährt. Eine hinreißende Geschichte über eine große und doch unmögliche Liebe.

Nancy Peacock

Willkommen in Two Moons

Roman. Aus dem Amerikanischen von Xenia Osthelder. Mit Vignetten von Moni Port. 177 Seiten. SP 2856

Sara bricht ihr Studium ab und zieht mit dem Hippie Sol auf den kleinen Bauernhof »Two Moons«, wo sie ihre Tochter Cedar zur Welt bringt. Zwanzig Jahre später erzählt uns Cedar ihre Geschichte aus der Perspektive des Kindes, das sie einmal war: lebensklug und nachsichtig, nie sentimental und dennoch anrührend. Sie erzählt vom kindlichen Glück in der ländlichen Einfachheit und dem nie versiegenden Schmerz der Mutter über den Tod ihres Bruders in Vietnam, vom bekifften, unzuverlässigen Sol, von der Trennung der Eltern, von einer neuen Kommune in »Two Moons« und schließlich einer neuen bürgerlichen Existenz der Mutter.

»Nancy Peacock hat ein sicheres Gespür für jene kleinen Momente in der Kindheit, die später den emotionalen Fluß der Wahrnehmung, des Verhaltens steuern.«
Süddeutsche Zeitung

Vilma Fuentes

Straßen der Wunder

Roman. Aus dem Spanischen von Michael Hofmann. 306 Seiten. SP 2595

Das Mädchen Pingo wächst wohlbehütet und sorglos in dem Moloch Mexiko-Stadt auf. Jeden Tag, wenn sie im Schulbus in die Nonnenschule fährt, erscheint ihr die Stadt wie das »größte Labyrinth der Welt, in dessen Straßen selbst die Tage ihre Stunden verlieren«. In der von Vilma Fuentes einfühlsam geschilderten Geschichte erlebt Pingo phantastische und geheimnisvolle Abenteuer, deren größtes wohl die Entdeckung der Bücher ist. Der Leser taucht dank einer präzisen und zugleich poetisch verdichtenden Sprache in sechzehn Orte einer bewegenden, glücklichen Kindheit – die »Straßen der Wunder« – ein, die es ihm erlauben, gebannt innezuhalten und sich seiner eigenen Kindheit zu erinnern.

Cristina Michelotti

Die Teestunde

Roman. Aus dem Italienischen von Claudia Denzler. 144 Seiten. SP 2838

Es war eine Liebe auf den ersten Schrei: Großmutter und Enkelin trennte nur die dicke Glasscheibe in der Säuglingsstation. Großmutter klopfte an die Scheibe, und die kleine Antonella antwortete mit Gebrüll. Das Gespräch war eröffnet. Seit ihrer Kindheit besucht Antonella regelmäßig ihre heißgeliebte Großmutter Rosetta, und die Teestunde, die die beiden jedesmal zelebrieren, ist zum festen Bestandteil in ihrem Leben geworden. In Großmutters kleiner Wohnung – Antonella auf ihrem Lieblingssofa und die Nonna auf dem Sessel – entfaltet sich vor dem Leser die ganz alltägliche und liebevolle Beziehung zwischen zwei Generationen, die doch so viel trennt. Gefühlvoll und mit großem Charme schildert Cristina Michelotti die Beziehung dieser beiden so verschiedenen Frauen, die aber durch Liebe und Respekt innig verbunden sind.

Chiara Zocchi

Olga

Roman. Aus dem Italienischen von Anja Nattefort. 159 Seiten. SP 2730

In Italien war sie eine kleine Sensation und wurde mit dem kleinen Prinzen von Saint-Exupéry verglichen: Olga, die frische, charmante, kindlich unschuldige und entwaffnend direkte Zehnjährige, Schöpfung einer Autorin, die selbst gerade erst die Schule beendet hat. Olga wohnt in einer ziemlich trostlosen Vorstadtsiedlung, ihr Vater sitzt im Knast, ihr Bruder hängt an der Spritze, und die Mama sucht Trost bei einem gewissen Herrn mit Schnurrbart. Aber Olga findet sich mit dem verzweifelten Optimismus, den eben nur Kinder haben können, zurecht. Zum Glück gibt es Ugo, den dicken Postboten, mit dem sie Fragen des Alltags klären kann, und Franco, ihren Herzensfreund, fürs philosophische Ganze der Welt. Mit ihm verbringt sie die Nachmittage in einer Nische unter der Treppe. Ein erstaunliches, berührendes Debüt – und ein Mädchen, das im Gedächtnis bleibt.